感悟一生的故事

心态 故事

曹金洪　编著

北方妇女儿童出版社

·长春·

图书在版编目（CIP）数据

心态故事 / 曹金洪编著 . -- 长春：北方妇女儿童出版
社, 2010.6（2024.3重印）
　　（感悟一生的故事）
　　ISBN 978-7-5385-4670-5

　　Ⅰ.①心… Ⅱ.①曹… Ⅲ.①故事 - 作品集 - 世界 Ⅳ.
①I14

中国版本图书馆CIP数据核字(2010)第083489号

心态故事

XINTAI GUSHI

出 版 人	师晓晖
策 划 人	陶　然
责任编辑	于　潇　刘聪聪
开　　本	710mm×1000mm　1/16
印　　张	11.75
字　　数	200千字
版　　次	2010年6月第1版
印　　次	2024年3月第6次印刷
印　　刷	旭辉印务（天津）有限公司
出　　版	北方妇女儿童出版社
发　　行	北方妇女儿童出版社
地　　址	长春市福祉大路5788号
电　　话	总编办：0431-81629600

定　　价　　49.80元

前言

　　是浮华的风带不走燥热的怅然，是盲动的雷也震不醒驿动的灵魂。这世间的一切，太多的幻想，太多的浮华，太多的……只有呼吸着的每一天，才感受到她的价值，她的真实。此刻，生命对于我们来说，只有一次，可以把握，可以珍惜。

　　于万千红尘中，我们不停地奔波着，劳碌着，快乐着也痛苦着，其目的就是为着生活，为着活着的质量。是血浓于水的亲情带着我们赤裸裸地来到这个尘世，当我们响亮的第一次啼哭，带给父母这一辈子最动听的音乐的同时，我们便与亲情紧密相连，永不可分了。也许前行的路荆棘丛生，也许前行的路坑坑洼洼，也许前行的路一马平川，但我们只要带着亲人们真切的惦念，带着亲人们殷殷的祈盼，就不会迷失前进的方向，就不会沉沦于泥潭沼泽里而不能自拔。

　　历经人生沧桑时，或许有种失落感，或许感到形单影只，这时，总会有一种朋友，无须形影相随，无须感天动地，无须多言，便心灵交汇，又能获得心灵的慰藉；在饱受风霜时，总会有一种朋友，无须大肆渲染，无须礼尚往来，无须唯美的表达方式，就能深深地感受到一种力量与信心，就能驱动前行的脚步。朋友无须多而在于精，友情也不必锦上添花，而在于雪中送炭。

　　童话故事里，我们经常看到王子吻醒了沉睡的公主，或是公主吻到中了魔法的青蛙，便可以幸福地结合在一起，永不分开。在这世上，也许有一份真爱可以彼此刻骨铭心到地老天荒，也许有一种真情彼此生死相依到海枯石烂。而这份真情、这份真爱却因世事的沧桑而深入到人们的骨子里，成为人们心中永恒的痛。

　　爱，有时，真的就是一种感觉，一种魂牵梦萦的感觉；有时，真的就是一种意境，一种心手相携的意境；有时，又会是一种情怀，一种两情相悦的情怀……

也许，真的如他人所说吧，亲情、友情、爱情，抑或其他值得珍惜的情谊，只是一种修为。所有的绝美，也许应该有一个绝美的演绎过程。我们所能做的，就只有把这种"永存"记录下来，让更多人从中获得感悟，获得启迪。

岁月如歌，有一些智慧启发我们的思想；有一些感悟陪伴我们的成长；有一些亲情温暖我们的心房；有一些哲理让我们终生受益；有一些经历让我们心怀感恩……还有一些故事更让我们信心百倍，前进不止。一个个经典的小故事，是灵魂的重铸，是生命的解构，是情感的宣泄，是生机的鸟瞰，是探索的畅想。

这套丛书经过精心筛选，分别从不同角度，用故事记录了人生历程中的绝美演绎。

本套丛书共20本，包括成长故事、励志故事、哲理故事、推理故事、感恩故事、心态故事、青春故事、智慧故事、人格故事、爱情故事、寓言故事、爱心故事、美德故事、真情故事、感恩老师、感悟友情、感悟母爱、感悟父爱、感悟生活、感悟生命，每册书选编了最有价值的文章。读之，如一缕春风，沁人心脾。这些可贵的精神食粮，或许能指引着我们感悟"真""善""美"的真正内涵，守住内心的一份恬静。

通过这套丛书，我们不求每个人都幸福，但求每个人都明白自己在生活。在明白生命的价值后，才能够在经历无数挫折后依然能坦然地生活！

目录
Contents

♂ 心态比环境重要

约　定

　　命运总是如此的残酷，它让两朵朝气蓬勃的花蕾还未来得及绽放，他们的青春与朝气就要过早地衰败了；而命运又是仁慈的，它让两颗已经濒临绝望的心重燃了希望的火花。

一句话的启示

语 梅

大学二年级的暑假，我在家乡的一家报社当见习记者，并将此视为成为文人的第一步。

我们编辑部有一个编辑，他的散文常见诸于有名的杂志，总发表些机智但令人难堪的见解。我极希望自己也能练就他那样的能够洞察别人一切缺点的目光。

那年夏天来了个巡回演出团。

我一直渴望选择有趣的题材，写些让我们的编辑拍案叫绝的东西，这是一个好机会。

有关演出的评论，将由一位正式记者来写，但我还是决定去观看首场演出，并写篇评论给编辑看看，如果我的文章有点分量的话，他也许会让它见报的。当然，仅只是他的几句赞语就够我陶醉一番了。

那晚，剧场爆满。人们对剧团在这么短的时间里能够建好剧场并排出四部剧目深表赞赏。大多数演员同我年纪不相上下——19岁左右。我发现那个黑头发的漂亮女主角挺紧张的，还说错了一句台词。那位男主角进入舞台时走错了方向，但他马上即兴加了几句台词，平息了其他演员的慌乱。为了文笔犀利，我把前面两点写进了我的评论文章，后面这点没提。

第二天，报上发表了那位正式记者的评论。她热情赞扬了每个演员做出的努力。我也把文章交给了编辑，他看后哈哈大笑。"挺有趣。蛮尖锐。我要发表这篇文章。"

第二天，我把我发表在报上的文章足足读了五遍。我似乎看见我眼前的道路上撒满了鲜花，我的文章不断变成铅字。

在街上碰见剧团经理时，我正沾沾自喜。"您觉得我的评论如何？"我自鸣得意地问。"你伤害了多少人？"他的话很简短，可却像一支箭，一下子将我这只飘在空中自我陶醉的气球戳瘪了。是呀，为了得到我渴望的荣誉，我全然不顾那刻薄的文字会怎样伤害那些演员。我怔怔地站在那里，我准备接受他的怒斥，他却语调温和地说："你很有文采。可你要知道，有的工作都是很难的，生活也是如此。与其竭尽所能地挑刺和拆台，倒不如相互帮助，共同把事情做好。"

这是大约25年前的事，但直到今天，每当我要去批评他人所做的努力和尝试时，我便会想到那个剧场经理，也想到那位正式记者。她的文章在着眼于赞扬演员出色的工作和鼓励他们更上一层楼的同时，恳切地指出了有待于改进的地方。

不久前，有人在街上跟我说："我常拜读您的文章，我非常欣赏您看待事物的积极态度，您似乎从来都不吹毛求疵。"他的称赞又使我想起了那位剧场经理……

心灵 寄语

我们是多么希望可以在努力之后得到一片赞扬，每个人的心里都一样，所以我们做什么事情都要先设身处地地想一下他人，不要过于否定，这不仅可以鼓励他人，也是自己提升的原动力。

最后努力一次

秋 旋

如果你参观过开罗博物馆，你会看到从图坦·卡蒙法老王墓挖出的宝藏，令人目不暇接。庞大建筑物的第二层楼大部分放的都是灿烂夺目的宝藏：黄金、珍贵的珠宝、饰品、大理石容器、战车、象牙与黄金棺木，巧夺天工的工艺至今仍无人能及。

如果不是霍华德·卡特决定再多挖一天，这些不可思议的宝藏也许仍在地下不见天日。

1919年的冬天，卡特几乎放弃了可以找到年轻法老王坟墓的希望，他的赞助者也即将取消赞助。卡特在自传中写道：

"这将是我们待在山谷中的最后一季，我们已经挖掘了整整六季了，春去秋来毫无所获。我们一鼓作气工作了好几个月却没有发现什么，只有挖掘者才能体会这种彻底的绝望感；我们几乎已经认定自己被打败了，正准备离开山谷到别的地方去碰碰运气。然而，要不是我们最后垂死的一锤努力，我们永远也不会发现这远超出我们梦想所及的宝藏。"

霍华德·卡特最后垂死的努力成了全世界的头条新闻，他发现了近代唯一的一个完整出土的法老王坟墓。

心灵 寄语

　　往往我们需要的就是一种可以超越一切的坚持，没有坚持而做的事情那是永远都不可能实现的，正所谓贵在坚持，也无非就是这个道理，与此同时，我们也必须要有那一份坚定的信念。

成功来自用心的努力

诗 槐

有个年轻人因为事业上有了挫折，为了排遣心中的苦闷，他独自一人到海边散心，结果他无意中捡到了一个空空的玻璃瓶。

他本不想理会那个玻璃瓶，想随手丢弃，但他仿佛从那个玻璃瓶中听到有人在和他说话："只要你肯把我放出来，我保证你以后一定会大富大贵。"

听着仿佛是普希金的诗篇中《渔夫的故事》，让年轻人踌躇了好久。

一番沉思后，年轻人心中已经有了主意，他并没有将那玻璃瓶打开而是很小心地把那玻璃瓶带回家收藏起来。他重新开始了自己的事业，经过多年的努力，终于取得了巨大的成功。

这是年轻人30年前的一段往事，虽然有点儿接近神话，但他并未相信。他是靠着自己的努力，如今成为一家跨国集团的老板。虽然30年前，他只要打开那玻璃瓶，就可能会得到一笔巨大的财富，但他并没有那么做，而是靠着自己努力，实现了很多梦想。

乌苏来·拉关说："当完成一段旅程后，那种感觉真的很棒；但，最重要的，还是旅程本身。"我们一生中都会遇到各种各样的好运气，有时还会让你得到意想不到的财富，可以暂时改变你的生活。但是这种轻轻松松得来的意外之财，因为来得太容易，我们往往不会太珍惜，结果往往又会很快地流去。

真正的成功，是靠着自己的辛勤和汗水，努力打拼而来的。因为它浇注了你的心血，所以是最踏实、最长久的。

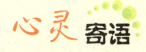

心灵寄语

父母给予你的幸福，可能会随着父母的离开而离开；朋友给予你的幸福，可能会因为友情的淡薄而消失；命运赐予你的幸运，可能会因为命运的不测而离你远去。别人赠予的幸福都是脆弱的，只有自己打拼回来的成功才是最牢固的。

你是一个富翁

千　萍

　　有一个朋友，下岗了，生活过得十分艰难，于是有一天闲暇，他去拜见自己无比敬仰的一位老师，痛哭着向老师倾诉自己人生的不容易和自己生活的种种艰难。他哭泣着说："我太穷了，几乎穷得一无所有，我这样贫穷地生活着还有什么意思呢？我真想离开这个世界啊！"

　　德高望重的老师默默听完他的哭诉，什么也不说，站起来从一本书里找出一张纸条递给他说："看过这个纸条，你便知道你是不是真的很贫穷了。"

　　他擦擦眼泪，接过那张纸条，拧亮身旁的台灯，默默看起来，那张纸条上写着：如果早上醒来，你发现自己还能自由呼吸，你就比在这一周离开人世的100万人更有福气。如果你从未经历过战争的危险、被囚禁的孤寂、受折磨的痛苦和忍饥挨饿的难受……你已经好过世界上 5 亿人。

　　如果你的冰箱里有食物，身上有足够的衣服，有屋栖身，你已经比世界上70%的人更富足。

　　如果你银行户头有存款，钱包里有现金，你已经身居世界上最富有的8%的人之列。

　　如果你的双亲仍然在世，并且没有分居或离婚，你已属于稀少的一群。

　　如果你能抬起头，带着笑容，内心充满感恩的心情，你是真的幸福——因为世界上大部分的人都可以这样做，但是，他们没有。

如果你能握着一个人的手，拥抱他，或者只是在他的肩膀上拍一下……你的确有福气——因为你所做的，已经等同上帝才能做到的。

如果你能读到这段文字，那么，你更是拥有双份的福气，你比20亿不能阅读的人更幸福。

这个朋友读完，静静思忖了一会儿，揉了揉眼说："我现在还在呼吸着，我已经比那100万人幸运和富有了，因为我还有生命。"老师笑了。

朋友又说："我现在虽然下岗了，但我从未经历过战争的危险，也从未被囚禁过，我是自由的，我拥有自由的生活，我已经比世界上至少5亿人富有了。"

老师又笑了。老师说："你可能银行里没有一分钱的存款，但你有衣服穿，一日三餐有饭吃，有房屋住，你已经比这世界上70%的人更富了。"

朋友叹了口气笑着说："我现在已经读完了这段文字，我又比另外那20亿不能阅读的人富有多了。"

老师听了，舒心地笑了。朋友对老师说："老师，你能将这张纸条赠给我吗？"老师笑着点点头答应了，朋友高兴地说："我现在知道自己是个富翁，我比世界上不知多少的人更幸福了！"

朋友把他的这段故事说给我听，把这张纸条拿给我看，我也十分地高兴，因为看了这张纸条我才明白，其实自己也是一个富翁。其实你也是个富翁，只是你不知道或把自己的参照物找错了，你有房屋栖身，但你却参照别人的豪华别墅；你一日三餐衣食无忧，但你却参照别人的千金酒宴……

人心是贪婪的，抛开这些贪婪，我们在这个世界上可谓是多么的幸运。有多少人饱受战争？有多少人无家可归？而有些人什么都拥有却不知足。抛开一切，可能你是最富有的那个人……

挑剔自己

雨 蝶

　　和一位朋友打的去赴同一个宴会。下了车，朋友忽然轻轻掸了掸我的后背说："你的衣服上有浮尘。"

　　边走，朋友边小声善意地告诫我说："你穿着总是太随便，会见客人，自己的衣着太随便就是对客人的不尊重，以后出门时，最好自己先照一照镜子。"朋友边说边围着我转了一圈，又轻轻地掸着我的肩膀说："瞧，这里也在哪里粘上了灰尘。"我十分感谢朋友的善意，交往十多年了，他总是在不经意的时候说出你的一些失误和不足，劝你注意和修补；能交上这样的朋友，实在是我三生有幸啊。

　　快到酒店门口的时候，因为和一个旧同事打招呼，我拉下了几步。打完招呼快步追赶朋友背影的时候，我发现朋友的西服后背上也粘了一片片显眼的灰尘，那些灰白色的灰尘，粘在朋友黑色的西服上是那么的显眼，我赶上去，边帮朋友掸灰，边笑着说："你的背上怎么也粘了这么厚的灰尘呢？"

　　朋友很诧异："我的衣服上怎么也会有灰尘？"

　　掸完他后背上的灰尘，朋友刚好转过身来，我顺便看一眼朋友的衣襟，他的衣襟上也粘了一片一片灰白的灰尘，我提醒朋友说："你前身的衣服也有灰尘。"朋友低头一看，果然就慌忙低头掸起来。

我得意地笑朋友说："不要老盯着别人的衣服，自家衣服上的灰尘比别人还要多嘛。"朋友听了，扭过脸来看我，这一看，朋友就乐不可支地指着我的衣服大笑起来，我低头一看，原来自己前身的衣服上也有一片一片灰白的灰尘。

在发现别人问题的时候，更要发现自己的问题。其实每个人都有自己的短处，而我们审视别人的时候更要注重自身的问题，这样才可以共同进步。

变换心境

晓 雪

朋友患先天性心脏病，一年中有一半的时间是在医院里。每次她住院我去看她，朋友总是显得很悲观，很颓唐。这一次，我去看她的时候，她却正在医院的草坪上和久违的几个小朋友兴高采烈地玩捉迷藏。看着朋友神采飞扬的笑脸，我不胜惊愕。朋友说："我已经停止了抱怨。没有一个健康的身体，这是我无力改变的事实。但是，生活的质量并不仅仅取决于一个健康的躯壳，我还是可以活得积极开心。变换心境也就等于变换了生命。"

我想起了一个名叫维克多·弗兰克的德国精神医学博士，他曾经在纳粹的集中营里饱受了饥寒凌虐的非人生活。在这随时都有死亡之虞的人间地狱里，弗兰克不仅没有绝望，反而在苦难中找到了生命的意义。有一次，弗兰克随着漫长的队伍由营区步向工地。天气十分寒冷，他不断想着这种悲惨生涯中层出不穷的琐事。诸如：今晚吃什么？鞋带儿断了，如何才能再弄一根来？

这种满脑子只想着芝麻小事的处境，让弗兰克十分厌倦。他强迫自己把思路转向另一个主题。突然间，他看到自己正置身于一间宽敞明亮的讲堂，正面对来宾们发表演讲，演讲的题目则是关于集中营的心理学。那一刻他感觉自己身受的一切苦难，从科学立场上看，就全都变得客观起来。此后，弗兰克以一个精神医学家的感觉来面对集中营的生活，一切难耐的苦难顿时成了弗兰克兴趣盎然的心理学研究题目，他不再感觉痛苦。

看来，朋友和这位弗兰克博士的经历倒有异曲同工之妙。想到我自己，人微言轻，一名普通的家庭主妇，每天陷于柴米油盐酱醋茶中，买菜做饭，洗衣拖地，这样手脚不停，做的却是生活中一件件微不足道的小事，而且还要日复一日、年复一年地做下去，生活是烦琐的，感觉是疲惫的。特别是在做好了饭菜，等人回家的时候，火气便在等待中渐渐燃旺。家庭中的武力摩擦便时有发生。作为一名普通的妻子、母亲，操心一家人的吃喝拉撒是我无法推卸的责任，那么，唯一可以变换的，便只有我的心境了！

有一次，我做好了饭菜等着吃饭的人归来的时候，站在阳台上，突然想到：看着天上的白云，等一个人回家，是一件要多浪漫有多浪漫的事。平生第一次，我不再觉得等待一个人的滋味可怜。这一发现让我开始试着以快乐的心情面对生活。我发现，那些曾让我怨气冲天的家务琐事，其实或多或少都包含着乐趣。几番整理，乱糟糟的家顿时变得整洁雅致。我一个人站在屋子中间高兴地对自己说："你真能干。"孩子回来不到十分钟，沙发上的垫子已全部错位，而我，只是学着欣赏孩子的活泼。变换心境，使我从平凡琐碎的生活中找到了乐趣。

每天清晨，当我从梦中醒来，推开窗子，我最想说的一句话便是：变换心境等于变换生命。

心灵 寄语

找不到生命意义的人是可悲的，在遇到困难的时候，只想着逃脱，困难是很难逃避的。为何不换个思路，从苦中寻找快乐呢？这样也许会轻松地战胜困难的处境。

许下幸福

忆 莲

大夫很老了，他要求退休。

他是一名十分出色的外科大夫，一生中曾做过成千上万例手术，许多已经生命垂危的病人，都经过他主刀的手术起死回生了，人们都称他是"神刀"。但他没有很高的医科学历，又非技出名门，就连外出的进修都很少，病人和医院的医生们都很纳闷，他那么高超的医术，是怎么学来的呢？

在他就要离开医院时，医院的领导恳求他，要求他回家前，一定要给那些年轻的医生们做一次学术报告，告诉大家，他的手术每次为什么总是做得那么的好。

他很为难，但终究还是答应了。

这次学术报告特别得隆重，院里的领导、老同事，所有的年轻医生、护士，甚至一些病人和其他医院的医生也慕名赶来了，礼堂内人头攒动人山人海，大家都在热切地等待着他的学术报告。

他慢慢走上讲台，很歉意地对大家笑笑，说："其实，这实在说不上是什么学术报告，论学历，我比不上在座的许多人，论对人体的研究知识，我也比不上许多在座的专家们。我一生的手术做得完美一些，那并不是因为我的医学知识和经验，而是因为我心里总藏着一个简单的愿望。"

一个人的简单愿望和他主刀手术有什么关系呢？人们很不解。

他看了看大家继续说："在这个简单的愿望支配下，每动一刀我都深思熟虑，每动一刀我都慎之又慎。我知道，有时一刀不慎，就可能使这世界上有些人失去父亲、母亲或者妻子、儿子，一刀就可以割裂这世界的泪腺；我也知道关键刀的举足轻重，一个生命的生和死都全在我手中的手术刀上了。我有一个愿望，那就是希望在明天早晨我能看见他醒来。"

明天早晨能看见他醒来？

有了这个愿望，还有什么能惊扰一颗心的专注？还有什么能容许自己的手去犯下一丝的错误？还有什么能让自己的心沾染上一点点的私尘呢？

明天早晨能看见他醒来。

心灵寄语

拥有一个愿望，就意味着拥有了一个信念。在这个信念下我们知道该怎么做，做每件事情之前更要进行深思熟虑而使成功率增加。

约　　定

雁丹

命运总是如此的残酷，它让两朵朝气蓬勃的花蕾还未来得及绽放，他们的青春与朝气就要过早地衰败了；而命运又是仁慈的，它让两颗已经濒临绝望的心重燃了希望的火花。

在一个阳光灿烂的下午，可辛和安心在医院的小公园里相遇了，在四目相触的那一刹那，两颗年轻的心灵都被深深震撼了，他们都从彼此的眼中读出了那份悲凉。也许是同病相怜，到了傍晚，他俩已成了无话不谈的老朋友了。从此以后，可辛和安心相伴度过了一个又一个日出日落，昼夜晨昏，两人都不再感觉孤独而绝望了。

终于有一天，可辛和安心被告知他们的病情已到了无药可救的地步，他们都被接回了各自的家，他们的病情一天比一天恶化。但可辛和安心谁也没有忘记，他们之间曾经有过一个约定，他们唯有通过写信这种方式来交换彼此的关心与祝福，那每一字每一句对他们来说都是一种莫大的鼓舞。

日子过得飞快，转眼已经过了三个月了。三个月后的一个黄昏，安心手中握着可辛的来信，安详地合上了双眼，嘴角边带着一抹淡淡的微笑。她的母亲在她的身边静静地哭了，她默默地拿过可辛的信，一行行有力的字跃入眼帘："……当命运捉弄你的时候，不要害怕，不要彷徨，因为还有我，还有很多关心你、爱你的人在你身边，我们都会帮助你，呵护你，你绝不是孤单一人……"安心的母亲拿信的手颤抖了，信纸在她的手中一点点地润湿。

安心就这么走了，她走后的第二天，母亲在安心的抽屉中发现了一叠写好封好但尚未寄出的信，最上面一封写的是"妈妈收"，安心的母亲疑惑地拆开了信，是熟悉的女儿娟秀的字迹，上面写道："妈妈，当您看到这封信的时候，也许我已经永远地离开您了，但我还有一个心愿没有完成。我和可辛曾有这样的约定，我答应他要与他共同度过人生的最后旅程，可我知道也许我无法履行我的诺言了。所以，在我走了之后，请您替我将这些信陆续寄给他，让他以为我还坚强地活着，相信这些信能多给他一些活下去的信心……女儿。"望着女儿努力写完的遗言，母亲的眼眶再一次湿润了，她无法再克制自己的感情，她觉得有一种力量在促使她要去见这个可辛，是的，她要去见他，她要告诉他有这么一个安心要他好好活下去。

安心的母亲拿着女儿的信按信封上的地址找到了可辛的家。她看到了桌子正中镶嵌在黑色镜框中的照片里是一个生气勃勃的可辛。安心的母亲怔住了，当她转眼向那位开门的妇人望去时，那位母亲早已泪流满脸。她缓缓地拿起桌上的一沓信，哽咽地说："这是我儿子留下的，他一个月前就已经走了。但他说，还有一个同命运的安心在等着他的信，等着他的鼓舞，所以，这一个月来，是我代他发出了那些信……"

说到这儿，可辛的母亲已经泣不成声。这时安心的母亲走了过去，紧紧地抱住了另一位母亲，喃喃地念道："为了一个美丽的约定……"

心灵 寄语

生命的意义在一个约定下绽放了它的美丽，当生命都将走到尽头，人心中所想的可能就是让其他人更加的幸福，让别人的生命可以更好的延续，这是一种说不出的关怀和爱。

我 可 以

采 青

唐娜是密歇根州一个小镇上的小学老师。

那天，她给学生们上了生动的一节课。她让学生们在纸上写出自己不能做到的事。所有的学生都全神贯注地埋头在纸上写着。一个10岁的女孩，她在纸上写到："我无法把球踢过第二道底线""我不会做三位数以上的除法""我不知道如何让黛比喜欢我"等等。她已经写完了半张纸，但她却丝毫没有停下来的意思，仍旧很认真地继续写着。

每个学生都很认真地在纸上写下了一些句子，述说着他们做不到的事情。

唐娜老师也正忙着在纸上写着她不能做到的事情，像"我不知道如何才能让约翰的母亲来参加家长会""除了体罚之外，我不能耐心劝说艾伦"等等。

大约过了10分钟，大部分学生已经写满了一整张纸，有的已经开始写第二页了。

"同学们，写完一张纸就行了，不要再写了！"这时，唐娜老师用她那习惯性的语调宣布了这项活动的结束。学生们按照她的指示，把写满了他们认为自己做不到的事情的纸对折好，然后按顺序依次来到老师的讲台前，把纸投进一个空的鞋盒里。

等所有学生的纸都投完以后，唐娜老师把自己的纸也投了进去。然后，她把盒子盖上，夹在腋下，领着学生走出教室，沿着走廊向前走。

走着走着，队伍停了下来。唐娜走进杂物室，找了一把铁锹。然后，她一只手拿着鞋盒，另一只手拿着铁锹，带着大家来到运动场最边远的角落里，开始挖起坑来。

学生们你一锹我一锹地轮流挖着，10分钟后，一个三英尺深的洞就挖好了。他们把盒子放进去，然后又用泥土把盒子完全覆盖上。这样，每个人的所有"不能做到"的事情都被深深地埋在了这个"墓穴"里，埋在了三英尺深的泥土下面。

这时，唐娜老师注视着围绕在这块小小的"墓地"周围的31个十多岁的孩子，神情严肃地说："孩子们，现在请你们手拉着手，低下头，我们准备默哀。"

学生们很快地互相拉着手，在"墓地"周围围成了一个圆圈，然后都低下头来静静地等待着。

"朋友们，今天我很荣幸能够邀请到你们前来参加'我不能'先生的葬礼。"唐娜老师庄重地念着悼词，"'我不能'先生在世的时候，曾经与我们的生命朝夕相处，您影响着、改变着我们每一个人的生活，有时甚至比任何人对我们的影响都要深刻得多。您的名字几乎每天都要出现在各种场合，比如学校、市政府、议会，甚至是白宫。当然，这对于我们来说是非常不幸的。

"现在，我们已经把您安葬在了这里，并且为您立下了墓碑，刻上了墓志铭。希望您能够安息。同时，我们更希望您的兄弟姊妹'我可以''我愿意'，还有'我立刻就去做'等能够继承您的事业。虽然他们不如您的名气大，没有您的影响力强，但是他们会对我们每一个人、对全世界产生更加积极的影响。

"愿'我不能'先生安息吧，也祝愿我们每一个人都能够振奋精神，勇往直前！阿门！"

接下来，唐娜老师带着学生又回到了教室。大家一起吃着饼干、爆米花，喝着果汁，庆祝他们越过了"我不能"这个心结。作为庆祝的一部分，唐娜老师还用纸剪成一个墓碑，上面写着"我不能"，中间则写上"安息吧"，下面写着这天的日期。

唐娜老师把这个纸墓碑挂在教室里。每当有学生无意说出"我不能……"这句话的时候，她只要指着这个象征死亡的标志，孩子们便会想起"我不能"先生已经死了，转而去想出积极的解决方法。

心灵寄语

其实所有困难的事情都是人们自己心里所想的，有些事情不去做就永远不会成功，当人们认为自己可以的时候是充满自信的，做事情是很容易成功的，不可以在未上战场的时候就将士气伤到极致。

优　势

向　晴

　　欧洲某国的一位著名的女高音歌唱家，她年仅30岁就已经誉满全球，而且拥有一位如意郎君和一个美满幸福的家庭。在一次成功举行完一个音乐会后，歌唱家和丈夫、儿子被一群狂热的观众团团围住。人们七嘴八舌地与歌唱家攀谈起来，赞美与羡慕之词洋溢了整个会场。

　　有的人恭维她少年得志，大学刚毕业就走进了国家级剧院，成了一名主要演员；有的人恭维她25岁就被评为世界十大女高音之一，年轻有为；也有的恭维她有一个优秀的丈夫，而膝下又有一个活泼可爱的小男孩。

　　在人们议论的时候，歌唱家只是静静地听，什么也没有表示。当大家把话说完后，她才缓缓地说："首先我要谢谢大家对我和我家人的赞美，我希望在这些方面能够和你们共享快乐。但是，你们只看到了一个方面，还有另一方面你们没有看到，那就是你们夸奖的活泼可爱的小男孩儿，不幸是一个不会说话的哑巴，而且他还有一个经常要被关在屋里患精神分裂症的姐姐。"

　　听到这话人们震惊了，你看看我，我看看你，似乎很难接受这样的事实。这时，歌唱家又心平气和地对人们说："这一切说明什么呢？恐怕只能说明一个道理，那就是，上帝是公平的，给谁的都不会太多。"

心灵寄语

做任何事情我们都不该只看到好的一面，也许在好的背后隐藏了太多的我们不知道的不好，所以做事情并不可以盲目，要知道世界上一切事情都是公平的。

只需变换一下位置

慕 菡

　　朋友家在一个十分简陋的居民楼里，大家忙得焦头烂额忙碌着换房换环境的时候，朋友一直安之若素，丝毫没有因为在一个地方住得太久而满腹烦闷的迹象。

　　我们向朋友讨教他家能安贫乐道在一个地方一住就是十多年的秘诀，朋友说："没什么秘诀，只需变换一下位置。"见我们不解，朋友解释说，每住一两年，我们就要调整一次家里东西的格局，比如，一直放在客厅前墙下的沙发，我们把它挪到后墙角去；放在客厅角落里的冰箱，我们把它调整到厨房中去；前墙的书法条幅，我们把它挂到左墙上去……

　　朋友说："家里的格局一调整，马上就有了新的情调，就像搬进一处新居一样，新鲜感一持续就是几个月甚至半年，怎么会烦呢？"

　　朋友见大家感兴趣，继续传经说："譬如卧室吧，开始时，我们住在前边的卧室，而孩子住在后边的卧室，住上一两年，我们让孩子住到前边的卧室来，我们则挪到后边的卧室去，孩子在后边住得久了，往往看到的是斜阳余晖，是外边的田野和远处的村庄，把他挪到前边的卧室去，他推窗看到的是另一种风景，橙红的朝霞，院子里的风景树，楼下的草坪……而习惯看到这一切的我们，则推窗

看落霞，卧床看田野，这一切，和乔迁新居有什么不同呢？你们为换环境，又是看房、选房，又是装修购置家具，忙得团团转，不过同我们一样，只是换一种新环境而已；而我家就简单多了，只需要换一个位置，但同样有新鲜感，同样有幸福，同样有温馨。"

是啊，幸福其实离我们并不远，只是我们的心把它看远了，就像逃离旧寓乔迁新居一样，我们精疲力竭地做来做去，不过是换掉屋内的老格调、窗外的旧风景，而朋友只是稍稍变换一下家具的位置，家里同样就有了新格调，窗外有了新风景。

心灵寄语

一些事物变换个位置，可能他所展现给我们的东西就完全是另外一个样子，所以在我们遇到什么事情的时候，可能就只需变换一个角度，得到的结果就大有不同了。

平和的心

宛 彤

　　金字塔的建造者，不会是奴隶，应该是一批欢快的自由人！第一个做出这种预言的是瑞士钟表匠塔·布克。

　　2003年，埃及最高文物委员会宣布，通过对吉萨附近600处墓葬的发掘考证，金字塔是由当地具有自由身份的农民和手工业者建造的，而非希罗多德在《历史》中所记载，是由30万奴隶所建造的。

　　在400年前，一个钟表匠为什么一眼就看出金字塔是自由人建造的呢？自埃及考古工作者证实了布克的判断之后，埃及国家博物馆馆长多玛斯便对这位钟表匠产生了兴趣。他想知道这个人到底是凭什么做出那种预言的。

　　为了搞清这个问题，他开始搜集布克的相关资料。最后，他发现布克是从钟表的制造预知那个结果的。

　　布克原是法国的一名天主教信徒，后来因反对罗马教廷的刻板教规，被捕入狱。由于他是一位钟表大师，入狱后，便被安排制作钟表。在那个失去自由的地方，他发现无论狱方采取什么高压手段，都不能使他们制作出日误差低于1／10秒的钟表。可是，入狱前的情形却不是这样。那时，他们在自己的作坊里都能使钟

表的误差低于1／100秒。

为什么会出现这种情况？起初，布克把它归结为制造的环境，后来，他们越狱逃往日内瓦，才发现真正影响钟表准确度的不是环境，而是制作钟表时的心情。

对金字塔的建设者，他之所以能得出自由人的结论，就是基于他对钟表制作的那种认识。埃及国家博物馆馆长多玛斯在塔·布克的文字中发现了这么两段话：

"一个钟表匠在不满和愤懑中，要想圆满地完成制作钟表的1200道工序是不可能的；在对抗和憎恨中，要精确地磨锉出一块钟表所需要的254个零件更是比登天还难。金字塔这么大的工程，被建造得那么精细，各个环节被衔接得那么天衣无缝，建造者必定是一批怀有虔诚之心的自由人。真难想象，一群有懈怠行为和对抗思想的人怎能让金字塔的巨石之间连一片刀片都插不进去。"

塔·布克是第一批因反抗宗教统治而流亡瑞士的钟表匠，他是瑞士钟表业的奠基人和开创者。

据说，瑞士到目前仍保持着塔·布克的制表理念，不与那些工作采取强制性、有克扣工人工资行为的国外企业联营。他们认为，那样的企业永远造不出瑞士表。

在过分指导和苛刻监管的地方，别指望有奇迹发生，因为人的能力唯有在身心和谐的情况下，才能发挥到最佳水平。

一颗虔诚的心是做好事情的最根本要求，当我们在抱怨事情不好做的同时，可能我们已经不可能做得更好了。一个平常的心，一颗热爱的心才可以说是完美的化身。

老人与树叶

佚 名

有一位老人一生相当坎坷,多种不幸都降临到他的头上,可谓饱经风霜:年轻时由于战乱,几乎失去了所有的亲人,一条腿也丢在空袭中;"文化大革命"中,妻子经受不了无休止的折磨,最终和他划清界限,离他而去;不久,和他相依为命的儿子,又丧生于车祸。

可是在人们的印象之中,老人总是矍铄爽朗而又随和。

终于,有人忍不住提出了心中的疑问:

"你经受了那么多苦难和不幸,可是为什么看不出你有伤怀呢?"

老人半晌无言,然后,将一片树叶举到眼前:"你瞧,它像什么?"

这是一片黄中透绿的叶子。这时候正是深秋。

"它是一片叶子啊,有什么不对吗?"

"你能说它不像一颗心吗?或者说就是一颗心?"

仔细看后发现,确实是十分像心脏的形状。

"再看看它上面都有些什么?"

老人将树叶更近地向那人凑凑。我清楚地看到,那上面有许多大小不等的孔

洞，就像天空里的星月一样。

老人收回树叶，放到手掌中，用那厚重而舒缓的声音说："它在春风中绽出，阳光中长大。从冰雪消融到寒冷的秋末，它走过了自己的一生。这期间，它经受了虫咬石击，以致千疮百孔，可是它并没有凋零。它之所以享尽天年，完全是因为对阳光、泥土、雨露充满了热爱，对自己的生命充满了热爱，相比之下，那些打击又算得了什么呢？"

心灵寄语

一个人什么都可以失去，却不能失去对生活的那一种向往和热爱，丢失了这两样，那么无论这个人的人生是多么的辉煌，最终都可说是失败的，面对一切，我们要有的就是那份热情。

成功的人生

冷　薇

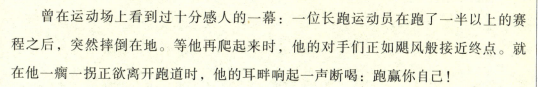

　　曾在运动场上看到过十分感人的一幕：一位长跑运动员在跑了一半以上的赛程之后，突然摔倒在地。等他再爬起来时，他的对手们正如飓风般接近终点。就在他一瘸一拐正欲离开跑道时，他的耳畔响起一声断喝：跑赢你自己！

　　是他满头银发的教练列入跑道中来，与他一起跑完余下的赛程。

　　那一刻，我发现所有的目光为这失败的师徒行了个庄重的注目礼！当他们抵达终点的时候，他们赢得了比夺冠者更多的掌声！

　　谁能说有此等毅力和拼劲的人，下一次夺冠的良机会再一次与他擦身而过呢？

　　成功不是昭然若揭地去赢了某一次，成功是任何时候都不放弃追求下去的信念——确信自己任何一次竞技不遗余力总比吝啬心力要好！

　　人与人之间有心志的高低之分，人与人之间也有能力的大小之别，但人生没法比成功。

　　一个扫大街的清洁工和一个搞课题的科研工作者，他们都有成功；同样，他们都有从成功里得到的快乐。所以，人生没法比幸福！

　　成功的人生就像一次远行，把途中美好的景色尽收眼底，不要因为旅途的疲惫而错过每一处赏心悦目的风景。因为错过风景．就是错过心情；错过心情，就是错过远行的意义！

　　你见过乡下质朴的农民吗？像钟爱儿孙一样，他们精心耕种一方稻田。待汗水流干的时候，稻谷就熟了。把一粒一粒饱满的稻谷拾起来，装入粮囤，这样，一个壮硕的秋天就被农民拥入怀中了。

　　成功的人生就是这样的。

心灵寄语

　　成功不是一份标满数字和奖项的成绩单，成功是一份坚持，用坚持书写下的人生就必然能留下痕迹；成功不是简单的数字比较，成功没有大小的差别，每一份成功都凝聚着同样的汗水，也蕴涵着同样的快乐。成功是一份心情，是一份全心全意地投入，是一份心满意足的珍惜。

给 予

冷 柏

　　我有一位朋友，以推销装帧图案为业。最初，他在向一家大公司推销装帧图案时，几乎每个星期都要到这家公司跑一次，甚至几次，一跑就是一年多，结果一无所获。这家公司的主管看过图案后，总是遗憾地告诉他："你的图案缺乏创新，对不起……"

　　朋友说，他几乎没有勇气再登这家公司的大门了。一个偶然的机会，他受一本心理学著作影响，决定换一种思维方式试试。

　　朋友这次带着未完成的草图，再次叩开了这家公司的大门。见到主管，他恳切地说："先生，您看，我这里有一些未完成的草图，希望您能在百忙之中抽空给我指点一下，以便我能更好地把这些装帧图案修改完成。"

　　主管答应看一看。几天以后，这位朋友又去见那位主管，并根据他的意见，把装帧图案修改完成。最后，这批装帧图案全部推销给了这家公司。朋友又用同样的方法，成功地推销了许多装帧图案。朋友说："我现在明白了以前一直无法成功的原因，因为我强迫别人顺应自己的想法，现在不同了，我请他们提供意见，然后再根据他们的意见将图案修改完成，这样，他们对自己参与创造设计的装帧图案自然就很满意了。"

是的，如果我们要想与别人合作，最好的办法不是去乞求别人的施舍，或是期盼别人接受，而是设法让别人参与到我们所干的事情中来。古人云，欲取之，必先与之。我们为什么不能改变一下思维定式呢？如果反其道而行之，欲与之必先取之，或许事情就好办多了！

心灵寄语

我们从未停止追求成功的脚步，在这个过程中我们常常忽略了方式是否正确。其实很多时候我们都应该换一种方式去解决问题，不要用一陈不变的思维去看待问题，这样也许会发现事情不像自己想像的那样困难。

争　取

人生需要的是一种争取的态度，或许我们并不是什么条件都具备，但是我们可以利用很多途径来解决这个问题。拥有一份争取的态度，不论什么事情，都将有可能实现。

生命的光芒

凝 丝

去年，我到东南沿海的一个海滨城市参加笔会。离我们下榻处不远的地方是一个绿树掩映的海蚌养殖场。

那天吃过晚饭，我一个人踽踽散着步去了那个养殖场。养殖场里很寂静，数不清的一口一口的池塘里静静地开着几朵白莲，荡漾着微微的碧波。在池边，我遇到一位老人，他正弯着腰吃力地往池塘中放什么东西，近前一看，是在倒沙砾，那沙砾十分纯净，个个有米粒般大小。我问老人朝池子里放沙砾做什么。老人笑笑说："种珍珠。"

种珍珠？怎么用沙砾种珍珠呢？老人见我不解，说："你是北方人吧？难怪没见过呢。"老人说，海蚌一般是生长在静静的浅海区的，它们喜欢海底的沼泥，在细腻的沼泥地生活的海蚌是很难长出珍珠的，要想让海蚌长珍珠，就必须让海蚌们吃"苦头"。见我不知道"苦头"是什么意思，老人笑笑解释说："苦头就是细沙黏。海蚌本身是不会生珍珠的，只有把这些沙砾吃进它们的蚌壳里去，当这些沙砾黏附在蚌壳内壁上时，海蚌会不舒服，沙砾会迫使海蚌吐出黏液，甚至会把蚌壁磨出血来，这些砾液和蚌血把沙砾裹了一层又一层，天长日久，就长成珍珠了。"

老人说，他将沙砾放进池塘里后，就要用振动器拼命搅动池里的沙砾，让那些海蚌们一不小心吃几粒沙砾进去。老人笑笑说："这就叫种珍珠。"

热心的老人边说边带我走到了另一个池塘边，弯下腰去，用一个网兜兜上来一个褐黄色的海蚌。那海蚌碗般大小，扇形的蚌壳上布满了细密的线纹，老人将蚌壳用大手轻轻地掰开让我看说："瞧，这是刚种上半年的。"我低下头看去，只见那紫玉色的蚌壳内壁上黏附了十几粒颜色不一的小沙砾，有的已呈薄薄的玉色了，有的沙砾还没有被彻底卷裹。它们在紫色的蚌壁上像一粒粒的星星，闪烁着微微的银色光芒。老人说这个海蚌里的珍珠很一般。他又带我走到另一口池塘旁，然后又捞出一个海蚌掰开给我看。这是一个珍珠就要成熟的海蚌，紫玉色的蚌壳内壁上星星点点长满了珍珠，那珍珠一粒粒晶莹、剔透、圆润、玲珑，像一粒粒玉豆。尤其有六七颗，颜色绯红的、紫红的，甚至是通体血红的。老人说，这种珍珠是十分珍贵的，因为它们是蚌血凝成的，老人感慨地说："这些红颜色的都是蚌的心血啊，这世上，没有哪一种用心凝成的东西不珍贵啊！"

我问老人怎样才能让海蚌多长珍珠，老人说："没别的办法，要想让它多长珍珠，只有让它多吃苦头。"

多吃苦头，多承受磨难，多经历坎坷，海蚌才能多生长珍珠，那么我们人呢？那些栉风沐雨的人，他们历经沧桑，屡遇沉浮，被苦难和风雨一次次打磨着、历练着，苦难深裹在他们的心灵里，命运和岁月渐渐把它们淬铸成了生命的珍珠，于是它们有了自己熠熠的光芒，它们成了我们生命天空中的星辰。

心灵 寄语

不经历风雨怎能见彩虹？多么富有哲理的句子。人生也是这样，只有经历过种种磨难，历经风雨沧桑，我们的人生才会更加美好，更加成熟。

命运掌握在自己手中

碧 巧

在一次火灾事故中，消防员从废墟里找出了一对孪生兄弟——波恩和嘉琳，他们是此次火灾中仅生存下来的两个人。

兄弟俩很快被送往当地的一家医院，虽然两人死里逃生，但大火已把他俩烧得面目全非。

"多么帅的两个小伙子！"医生为兄弟俩惋惜。

波恩整天对着医生唉声叹气：自己成了这个样子以后还怎么出去见人，还怎么养活自己？波恩对生活失去了信心，他总是自暴自弃地说："与其赖活着，还不如死了算了。"

嘉琳努力地劝波恩："这次大火只有我们得救了，因此我们的生命显得尤为珍贵，我们的生活最有意义。"

兄弟俩出院后，波恩还是忍受不了别人的讥讽，偷偷地服了安眠药离开了人世。而嘉琳却艰难地生存了下来，无论遇到多大的冷嘲热讽，他都咬紧牙关挺了过来，嘉琳一次次地暗自提醒自己："我生命的价值比谁都高贵。"

有一天，嘉琳还是像往常一样送一车棉絮去加州。天空下着雨，路很滑，嘉琳开车开得很慢。此时，嘉琳发现不远处的一座桥上站着一个人。嘉琳紧急刹车，车滑进了路边的一条小沟。嘉琳还没有靠近年轻人的时候，年轻人已经跳下了河。年轻人被他救起后，又连续跳了三次，直到嘉琳自己差点儿被大水吞没。

嘉琳救的这位年轻人竟是亿万富翁，富翁很感激嘉琳，便和嘉琳一起干起了事业。

嘉琳从一个积蓄不足10万元的司机，发展到一个拥有3.2亿元资产的运输公司。

几年后医术发达了，嘉琳用挣来的钱修整好了自己的面容。

心灵 寄语

生活有的时候就像是在跟我们开玩笑，但是我们面对生活的时候却总显得我很妥协，虽然我们做的其实或多或少确实是这样子，但是我们无论如何不可忘记我们自己的命运永远都是靠自己去改变的。

争　取

静　松

　　盖特丽还是个孩子的时候，父亲失业，全家靠吃鱼市上卖剩下的鱼杂，勉强度日。一天，当她透过伍尔沃斯家的窗户，看到一个红色塑料花的胸针时，立刻就被它吸引住了。盖特丽跑回家恳求妈妈给她一角钱。妈妈叹息着。那时候，一角钱可以买到一磅碎鱼。但是她的父亲却说："让她买吧。你以后还能用这么便宜的价钱为她买来快乐吗？如果你真的想要什么东西——一次旅行，或者一台录像机，假设这些能够使你的生活更丰富，那就去争取，否则，一旦错失，机会就不会再来。"那时，一角钱买来的东西会使她感觉非常满足。

　　生活中有一些人对待花销的态度常常让他们节衣缩食的朋友震惊。

　　约翰逊一家连汽车都没有，但是去年他们竟然全家到夏威夷去度假了；伊夫虽然住在租来的房子里，却拥有一件时装设计师设计的服装，穿上那件衣服使她看起来像一个模特；还有艾达，虽然手头很紧，却开车带着她的四个孩子周游了全国，并在某天下午到一家童话旅馆喝茶。

　　"服务生们都带着白色的手套，"她向朋友回忆说，"四人组合的乐队在餐厅里表演。还有小小的冰激凌蛋糕，桌上放着精致的洗手的小碗儿，水是香的，上面还漂浮着玫瑰花瓣呢！作为这次奢侈旅行的代价，我们吃了两天的面包加奶酪。但是孩子们早就忘记了我们整个夏天手头有多窘迫，却依然记得那一次喝茶的经历。"也许这已不仅仅是为了一样东西而放弃另一样东西的问题。

心灵 寄语

　　人生需要的是一种争取的态度，或许我们并不是什么条件都具备，但是我们可以利用很多途径来解决这个问题。拥有一份争取的态度，不论什么事情，都将有可能实现。

欲望是条锁链

芷 安

有一位禁欲苦行的修道者，准备离开他所住的村庄，到无人居住的山中去隐居修行。他只带了一块布当做衣服，就一个人到山中居住了。

后来他想到当他要洗衣服的时候，他需要另外一块布来替换，于是他就下山到村庄中，向村民们乞讨一块布当做衣服。村民们都知道他是虔诚的修道者，于是毫不考虑地就给了他一块布，当做换洗用的衣服。

当这位修道者回到山中之后，他发觉在他居住的茅屋里面有一只老鼠，常常会在他专心打坐的时候来咬他那件准备换洗的衣服。他早就发誓一生遵守不杀生的戒律，因此他不愿意去伤害那只老鼠，但是他又没有办法赶走那只老鼠，所以他回到村庄中，向村民要一只猫来饲养。

得到了猫之后，他又想到了：猫要吃什么呢？不能让猫去吃老鼠，但总不能跟我一样只吃一些水果与野菜吧！于是他又向村民要了一只乳牛，这样，那只猫就可以靠牛奶维持生命。

但是，在山中居住了一段时间以后，他发觉每天都要花很多的时间来照顾那只母牛，于是他又回到村庄中，找了一个可怜的流浪汉，并将他带回山中，帮他照顾乳牛。

流浪汉在山中居住了一段时间之后，他跟修道者抱怨："我跟你不一样，我需要一个太太，我要正常的家庭生活。"修道者想一想，觉得有道理，他不能强迫别人一定要跟他一样，过着禁欲苦行的生活。

这个故事就这样演变下去，你可能也猜到了，到了后来，也许整个村庄都搬到山上去了。

心灵 寄语

欲望驱使着我们去做很多事情，然而满足了一件事情，就必然会有另外一件事情来弥补，到最后只会越来越多的无休止的发展下去。这也就启发我们，其实要满足很容易，但是想要一直满足下去却是根本办不到的事情。

讨好自己

雪 翠

昨晚室友回来就开始大倒苦水：真不知道现在的人都吃错什么药了，那位××大姐整天拉着一张脸，居然能竞聘上主管。这下高升了，人也变得趾高气扬起来。早上跟她打招呼，她眼睛一斜爱理不理的，下午下班时叫她一起走，她撂出一句以前从未说过的话："我喜欢自己走。"哎哟，真是倒了几辈子霉才要去讨好她。

听完她的话我很诧异，既然如此，何必要去"讨好"她呢？身边这么多人，你不可能让所有人都成为自己的知己，更不可能让每个人都喜欢自己。何必辛辛苦苦地去迎合他们、讨好他们呢？白眼也吃了，压力也受了，可别人并不一定就喜欢你、接受你。不知不觉中，迷失了自己也烦着了别人，两头都累。

想起一位在银行中心某公司做总台小姐的只有中专学历的女孩儿，她给人的感觉就是"傲"。我曾经很疑惑，在这个讲文凭、讲资历、讲美貌的时代，她有什么可傲的资本。她的回答理直气壮："讨好别人是费力的无用功，与其这样不如讨好自己。"我一阵愕然，可瞬间又了然。

从此，我学会了在流言飞语面前为自己设一道"隔音墙"：在孤独寂寞时，想方设法逗自己开心；在烦躁压抑时，纵情高歌大吼几声来发泄；在受到打击时，允许自己畅流几滴眼泪；在踏进新环境"极目"陌生时，找面镜子安慰自己："至少还有一张最熟悉的笑脸。"

"讨好自己"就像心理调节的一剂良药，让自己在并非真空的社会、生活和事业中保持一种开朗、自信、乐观的心境。

感谢那位普通的傲女孩教会我这个人生宝典："讨好自己"。

心灵寄语

"金无足赤，人无完人"，每一个人都不是十全十美的，更不可能做到人人喜欢，所以没必要挖空心思去讨好别人，这样也许会适得其反。摆正心态，做好自己该做的事，你会发现生活变得更加美好。

凡事要想开点儿

雅枫

小时候有一天，我到一间没人住的破屋里玩。玩累后把脚放在窗台上歇着时，一点儿声响惊得我一跃而起，没想到左手食指上的戒指此时钩住了一只铁钉，竟把手指拉断了。

我当时吓呆了，认为今生全完了。但是后来手伤痊愈，也就再没为这事烦恼。

现在我几乎从不想到左手只剩四根手指。

几年前，我在纽约遇见个开电梯的工人，他失去了左臂。我问他是否感到不便。他说："只有在纫针的时候才会感到。"

人在身处逆境时，适应环境的能力实在惊人。

人可以忍受不幸，也可以战胜不幸，因为人有着惊人的潜力，只要立志发挥它，就一定能渡过难关。

小说家达克顿曾认为除双目失明外，他可以忍受生活上的任何打击。但当他六十多岁，双目真的失明后，却说："原来失明也可忍受。人能忍受一切不幸，即使所有感官都丧失知觉，我也能在心灵中继续活着。"

我并不主张人应逆来顺受，就是说，只要有一线希望，就应奋斗不止。但对无可挽回的事，就要想开点儿，不要强求不可能的结果。

话剧演员波尔赫德就是这样一位达观的女性。她风靡在四大洲的戏剧舞台达五十多年。当她七十一岁在巴黎时，突然发现自己破产了。更糟糕的是，她在乘船横渡大西洋时，不小心摔了一跤，腿部伤势严重，引起了静脉炎。医生认为必须把腿切除，他不敢把这个决定告诉波尔赫德，怕她忍受不了这个打击。可是他错了。波尔赫德注视着这位医生，平静地说："既然没有别的办法，就这么办吧。"

手术那天，她在轮椅上高声朗诵戏里的一段台词。有人问她是否在安慰自己，她回答："不，我是在安慰医生和护士。他们太辛苦了。"

后来，波尔赫德继续在世界各地演出，又重新在舞台上工作了七年。

用精力和不可避免的事情抗争，就不能再有精力重建新生。为什么车子的轮胎能经得起长途辗磨呢？开始人们设计出很硬的抗震车胎，但用不了多久，就被震得七零八落。后来造出有弹力的防震车胎，这才经得住磨损。如果我们也能像这种车胎一样，那我们也会生活得稳定和长久。

心灵 寄语

无论遇到什么事情，心里都应该记住一点：面对一切自己不想面对的事情的时候，我们需要的并不只是勇敢而已，还需要一种信念以及乐观的态度，这才是我们适应社会的必要条件。

乐在奋斗中

沛 南

父亲退休时已有60多岁了。在那以前，他做了大约30年乡间邮差，一个星期有6天他都跋涉在佐治亚州东北部的山区里，给人们送信。

在他80岁生日时，我给他写了一封信，信中特别说了几句表示孝心的话。我说我们全家人都希望他身体健康，心情愉快，能够在欢乐中安度晚年。总之，我希望他永远快乐。在信的最后，我建议他和我母亲不要再干活了，应当完全放松自己，好好歇息。我认为，父亲操劳了一辈子，现在他们终于有了舒适的家和丰厚的退休金，几乎有了他们想要的一切，应该学学如何享受生活了。

后来，父亲回信了。他首先感谢了我的好意，然后笔锋一转："虽然我很感谢你的赞美，但是你让我完全放松自己却吓了我一跳。"父亲承认没有人喜欢走坑洼不平的路，就像他走了30年的崎岖山路那样，"但是如果我们事事都顺心如意，从来都碰不到困难的话，那或许是世界上最糟糕的事了。"

父亲在信中写道："人生的意义不在于马到成功，而在于不断求索，奋力求成。每一件有意义的事都需要我们以坚强的信念去完成，这样，我们的生活才会更加充实，意志才会更加坚强。"

从他流畅的行文中，我似乎看到了父亲写信时高兴的表情："我们一生中最美好、最愉快的日子，不是还清了所有欠款的时候，也不是我们真正得到这套靠血汗换来的住所的时候，这些都不是。我记得在很多年前，我们全家挤在一套很小的住宅里，为了糊口，我们拼命工作，根本分不清白天还是黑夜。你还记得吗？我最多每天只睡4个小时。直到现在，我都不明白当时为什么不知道什么叫累，又怎么会觉得生活是那么美好。我想大概是因为我们那时是在为生存而奋斗，是为了保护和养活我们所爱的人而拼搏吧。"

"在奋斗中求成功这方面，我认为最有意义的，不是那些获得成就的伟大时刻，而是那些小小的胜利，或是那些遇到挫折、僵局甚至失败的时刻。我想，假如人人都轻而易举地成功了，那么我们就不是人生的参与者，而是生活的旁观者了。要记住，重要的是追求，而不是到达。"

爱因斯坦曾经说过："每个人都有一定的理想，这种理想决定着他的努力和判断的方向。就在这个意义上，我从来不把安逸和快乐看做是生活目的本身——这种伦理基础我叫它猪栏的理想。"生活的美好是因为我们曾经参与生活，是因为我们曾经为了某个追求而努力过、奋斗过、拼搏过，而不是因为我们曾经享受过。

诱　惑

语　梅

在高考落榜之后，由于一时没有找到合适的工作，他便跟随父亲到海上去捞海菜。当时，父亲出海驾驶的是一条只有八马力的小船。

有一天，他和父亲驾驶着小船在离岸五六海里的海域上捞海菜。待夜幕降临时，他和父亲已捞了满满一舱海菜。就在父亲启动发动机，准备返航时，天空骤然变得昏暗起来。父亲焦虑地看了看天空，根据多年闯海的经验，他知道马上就要起风了；为了减轻小船的载重，尽快返回岸上，父亲一边把船舱里的那些海菜往海里扔，一边让他下来帮忙。他看着辛劳一天的收获，又白白地扔回到海里，心中感觉有些不忍。

果然，船舱里的那些海菜还没有被拾掇干净，风暴已经携着恶浪迎来了。他们的小船犹如浮在海面上的一片枯叶，时而被掀上浪尖，时而又跌落下来，那个小小的螺旋桨完全驾驭不了这样的恶浪。随着夜色一点一点地加深，他的心也愈加变得恐惧了。

不知过了多久，风暴终于停下了，大海又恢复先前的平静。而周围则是漆黑一片，他们船上的燃油耗尽了，发动机已停止了运转。父亲喘息着问他道："你摸一摸水桶还在吗？"他赶紧用手一试，才发现用来盛淡水的那只塑料桶翻倒了；因为盖子没盖严实，里面的淡水几乎都洒尽了，幸亏那几个馒头用塑料袋盛着，没有遭到海水的浸泡。他们的小船在海上漫无目的地漂流着，他惊颤着问父亲："现在，咱离着海岸还很远吗？"父亲沉默了一会儿，之后镇静地说："到天亮时就知道了。"

待到天亮时，他努力搜寻着，希望找到岸的影子，可周围却是汪洋一片。父亲思忖了一阵儿，毅然用"漂钩"（撑船的工具）调整了漂流的航向。因为没有燃油，他们的小船行驶得异常缓慢。

秋日的阳光仍烤得人透不过气来。父亲掰了一半馒头递给他说："桶里只有一点点淡水，咱必须紧省着喝。"他小心翼翼地打开水桶，喝了一口，而父亲只抿了一下，用来润润嗓子。直到天黑时，还没看到岸的影子。于是，父亲将衣裳脱下来，蘸上了一些油渍，然后用打火机点燃，他是希望能够被那些过往的大船发现。然而，他们并没有那么幸运。

熬到第二天时，桶里的淡水已经空了。他感到浑身像着了火一般，望着湛蓝的海水，再也抵挡不住它的诱惑，便偷偷掬起一捧海水来尝了一口。他的举动被父亲发现了，他怒声呵斥道："快吐掉！再坚持一阵，我们就到岸了！"父亲在说这些话的时候，眼圈红红的。

就在那个夜晚，父亲借着月光发现了海面上有浮动的"网漂"。父亲惊喜地把船划过去，并俯身捞起网绳来查看了一下，发现上面没有海菜，父亲断定这是刚下的新网，附近一定有船。他们就顺着"网漂"的方向使劲划去，果然没过多久就发现了一艘渔轮……

他们获救之后，他便问父亲："当时，你真相信我们能够漂到岸上吗？"父亲意味深长地说："我们当时唯一的选择就是坚信自己；如果没有信念，咱俩也许早就丧身海底了。"

他仍不解地问："当时我只尝了一口海水，你为什么要对我发那么大的火呢？"

父亲肃然地解释说："你知道吗？在那种情况下，海水就是慢性毒药！要是你经受不住它的诱惑，刚开始时只想尝一下，而接下来你就会忍

不住喝它，结果就只能加速死亡。"

现在，他经常回味父亲说过的这些话，其实在它里面不是包含着一个丰厚的人生哲理吗？

心灵寄语

诱惑的力量是巨大的，当一个人经不住诱惑的时候，只会越发的贪婪，被诱惑所驱使，到了最后，被诱惑所吞噬。这意味着我们要懂得拒绝诱惑，这或许才是一种正确的生活方式。

哀莫大于心死

佚 名

　　一位孤独的年轻人倚靠着一棵树晒太阳。他衣衫褴褛，神情委靡，不时有气无力地打着哈欠。一位智者从此经过，好奇地问："年轻人，如此好的阳光，你不去做你该做的事，懒懒散散地晒太阳，岂不辜负了大好时光？"

　　"唉！"年轻人叹了一口气说，"在这个世界上，除了我自己的躯体外，我一无所有。我又何必去费心费力地做什么事呢？每天晒晒我的躯体，就是我做的所有事了。"

　　"你没有家？"

　　"没有。与其承担家庭的负累，不如干脆没有。"年轻人说。

　　"你没有你的所爱？"

　　"没有，与其爱过之后便是恨，不如干脆不去爱。"

　　"没有朋友？"

　　"没有。与其得到还会失去，不如干脆没有朋友。"

　　"你不想去赚钱？"

　　"不想。千金得来还复去，何必劳心费神动躯体？"

　　"噢，"智者若有所思，"看来我得赶快帮你找根绳子。"

"找绳子？干吗？"年轻人好奇地问。

"帮你自缢！"

"自缢？你叫我死？"年轻人惊诧了。

"对。人有生就有死，与其生了还会死去，不如干脆就不出生。你的存在，本身就是多余的，自缢而死，不是正合你的逻辑吗？"

心灵寄语

其实每个人的结果都一样，那就是死去，但人生的意义并不在于结果如何，而是过程是否有意义，我们应该做的是不断努力、充实生命，而不是混吃等死、坐以待毙，只有这样才没有浪费生命，人生也变得更加精彩。

在丢失后……

陶粲明

到达朋友家时，她家的小保姆正坐在沙发上哭。朋友小声说："下午接小孩儿放学，上大巴时手机丢了。"

看着小姑娘哭红的眼睛，我半天才劝慰一句："丢了也没法子的，下次小心点儿就好，别哭坏了眼睛。"小姑娘抬头呜咽："我一直都不喜欢那个手机的，今天丢了，我才发现我好喜欢它呀，简直比丢失一个朋友还让我难过……"

我想告诉她，永远不要拿物质的东西和真正的朋友相提并论，还想告诉她，许多东西都是失去了，才感到它的珍贵。但我最终什么也没有说。我知道，我们都是在不断的丢失后，才慢慢长大的。

16岁那年，我有了第一辆自行车，喜欢得不行。可没多久，一次和同学去照相馆冲洗春游的照片，出来竟发现车不见了，当时眼睛就红了，搭同学的车回到家，看见妈妈就大哭。妈妈吓坏了，问清原因后却笑着说："车丢了没关系，人没事就好。"

在广州好不容易找到那份高薪的工作时，很珍惜，生怕有差错，早出晚归格外卖力。眼看有升职希望时，却因为实在无法忍受老板对下面员工的苛刻，和他大吵一架后摔门而去。一个人在人来车往的北京路上漫无目的地走着，天快黑时在公用电话亭打电话跟一个朋友说，我把工作丢了。朋友放下电话赶了过来，就在那家便利店的门口，他对我说："工作丢了可以再找，人有一颗善良的心才重要。"

去年7月，办好去欧洲的旅游签证，临走时却把脚扭伤了。骨裂，打着石膏坐在家里，心情无比郁闷。去拆石膏那天，医生看着我的脸，说我的眉头皱得可以拧出水来。我被他这个夸张的说法逗乐了，他告诉我，错过一次旅游机会不要紧，但若是让伤痛和遗憾影响自己的心情，岂不成了双重的伤痛和遗憾？

医生不是哲学家，但他真的让我裂开的骨头复原如初。

这一生，我们会丢失太多的东西：经验不足，丢了第一桶金；要求完美，丢了一场无法回头的爱情；为了看得到的业绩，甚至丢了一个本来要来到这个世界的孩子……

每一次丢失，心里都会有隐隐的痛，但每个人都是在丢失后才一天天长大，慢慢知道爱，知道珍惜的。

心灵寄语

正如那句经典的话"失去后才懂得珍惜"，一切事物当我们享受其中的时候很难发现其价值，然而当我们离它远去而且回不去的时候，我们会觉得它无比的珍贵。这是人的弱点，但也是人走向成熟的必经之路。

弱小与强大

语 梅

一位趾高气扬的将军到燃灯寺进香。焚香完毕，将军被人前呼后拥着来到禅房。寺里的方丈永济大师正在闭目静坐参禅，未能热忱远迎，将军很不高兴。将军想，我在边疆作战战功显赫，早已名震天下，到哪里不是被人高接远送？这区区燃灯寺的方丈竟敢对我如此傲慢，不行，我一定要给他一点儿颜色看看！

将军怒气冲冲地问永济大师说："和尚，知道我是谁吗？"永济大师不卑不亢地说："施主是名扬天下的大将军哪。"将军说，"既然知道我是将军，为何不出门迎接我？"将军接着不屑地对永济大师说，"我统率千军万马，在疆场上纵横驰骋，视人如草芥，今日到你这野林小寺，你区区一个老和尚竟敢如此怠慢，你知道不知道，凭我的威名，如今天下没有我办不到的事情，而你这区区一个和尚，只不过会诵经念佛，能干出什么丰功伟业呢？"

永济大师依旧不卑不亢，待将军说完，向将军施礼说："将军是否愿听老衲为您讲个故事呢？"将军沉吟了一会儿，傲慢地点点头同意了。永济大师便开始不急不忙地给这位将军讲故事，永济大师说，一只老虎在古松树下休息，它看见一只正在匆匆忙忙赶路的蚂蚁。老虎问蚂蚁说："你这蚂蚁，见到我这山林之王也不知叩拜行礼，你匆匆忙忙要去哪里呢？"蚂蚁说："大王你不知道吧，山那

边有个大森林，里边古树参天百花盛开，美丽极了，我要到那里去听百鸟唱歌，看花朵竞艳呢。"

老虎哈哈大笑说："对于你这区区的小蚂蚁，要翻过这座高耸入云的大山，不是同登天一样难吗？但对于我这个山林之王来说，这座山却不值一提。"老虎顿了顿又说："这样吧，你爬到我的身上来引路，我带着你一起去。"

蚂蚁不同意，老虎说："你真蠢啊，我这山林之王名震山林跑起来可以追上风，而你这区区蚂蚁就是奔跑一生，也不一定能到达那片森林。"蚂蚁说："那片森林我能去，但你却不一定去得了。"老虎一听哈哈大笑说："我在山林里生活了这么多年，还不知道这个世界上有我不能到达的地方呢？"老虎站起来赌气对蚂蚁说："走，我要让你看看，在这个世界上，有哪个地方我这山林之王不能去。"老虎说着就一跃而起爬起山来。

但老虎爬到山顶就愣了，因为山的背面是万丈悬崖，悬崖的对面就是那片美丽的森林，老虎在山顶走来走去，但怎么也越不过那片万丈悬崖，而蚂蚁爬上山顶，很轻松地就沿着崖壁爬下去走进了那片美丽的森林里。

永济大师讲完，意味深长地对将军说："将军，虎虽大，也有它不能走到的地方；而蚂蚁虽小，却能走到虎走不到的地方去呀！"

将军听了，沉吟良久，满脸愧意地对永济大师说："大师，谢谢您的教诲，请原谅我刚才的不敬和出言不逊！"

永济大师笑了。

心灵 寄语

人生之中有很多事情是我们自己所控制不了的，比如说我们所拥有的才能。但是有些才能只能是一个方面或几个方面，但绝对不是全面，所以世界上就需要更多的人来将整个世界撑起，构成圆满的拼图。

谁能断言你不是成功者

秋　旋

　　假如有人忽然问你：你是成功者吗？你很可能会感到茫然和疑惑，甚至彻底否定：我又不是名人，我怎么会是成功者呢？

　　人们的一个错误观念是：成功只等于成名。其实，成功只是一种感受，一种自我意识的主观感受。从某种意义上说，我们都是成功者，我们无时无刻不在成功着。

　　作为一名学生，他考试成绩及格了，升入初中了，这就是成功；一位农民，他播下的种子发芽了，庄稼收割了，这也是成功。伟人自然有伟人的成功，但凡人同样也有凡人的成功。

　　有人说，只有扭转乾坤的壮举，只有影响历史，载入史籍的伟业，才算是成功的举动；有人说，只有领袖、名人，只有称得上"家"的人，或者只有拥有数百万资产的大款，才算是成功者；有人则干脆断言，世界上没有一个成功者，因为人生最终结局是悲剧——后人肯定会超越前人。这实在是一种可怕的自卑。

　　人不是为吃苦而生的，也不是为失败而来的。人生应该是幸福、快乐的。而幸福、快乐来源于自身的奋斗，来源于自身的努力和追求。如果我们把自己的每一点进步，哪怕只是很小的进步，都看做是人生中的一次成功，都认认真真地品

味一番，那么，幸福和快乐就会常伴我们身边，我们的人生也就会因此变得格外丰富和生动。反之，你以为自己根本没有成功，也不可能成功，那么，烦恼、忧愁就会永远缠绕在你的左右。

生活应该是一个个成功的记录，而绝不是一次次失败的连缀，人生也应该是由无数个成功构建而成的一个整体，只不过大小不同而已。

成功只是一种感受，在更多的时候，它无须旁人认可，更不需要别人来裁判。在人生中，不要把成功的刻度画得太高太高，也不要把成功看得过于神圣。否则，我们就会对人生失去一份应有的信心，面对困难时，我们就会望而却步。

大胆而自豪地承认成功吧，认认真真地品味自己的每一次成功，从品味中汲取动力、汲取智慧，从而获得更大的成功，这也许就是人生的意义所在。

心灵寄语

很多人之所以觉得自己是一个失败者，一方面是他们把成功的标准定得很高，另一方面是他们的眼睛只盯着别人的成功。成功的定义其实很简单，假如你考试只有51分，但是比上次进步了，就是成功；假如你的负债从100万减为50万，也是一种成功。成功的标准是个性化的，你觉得自己成功了就行，与他人无关。

柔软的心

诗 槐

我的窗外，是一行垂柳。

那是一行已经有些苍老的垂柳了，不高的树干上树皮已经黧黑，只有树冠间的新枝隐隐约约显出一些青晕。阳春三月时，鹅黄的柳芽不知不觉抽出一缕缕长长的垂条，像柔柔的长发，又像绿绿的丝线，长长地从树冠上低低地垂下来，甚至垂得就要触到了潮湿的地面。微风轻拂时，像一双看不到的纤手轻轻挑动起垂帘，垂条微闪，沙沙地轻响。这是孩子们最喜欢的时节，他们常常三五成群地出入在垂条下面，扯下三五根柔柔的柳条，然后剥开柳条根端的一圈树皮，用小手握紧，顺着柳条往梢端一拉，柳条上的鹅黄柳芽和青色的嫩皮便集成了一团青黄色的毛球，垂在了柳条的梢端，拿在小手上，像轻挑的一盏盏灯笼，悠悠闪闪的，十分的有趣。

我的小女儿也十分热衷玩这样的柳条，常常求我帮她扯那些丝丝线一样的柳条，但那柳条太柔了又太韧了，完整地扯下一根来十分得不容易，要么是绳子一样柔韧地扯不掉，要么就是扯得太用力，一下子从中间扯断了。一个成年人，就是劳心费神地扯半天，也是很难扯下几根令人满意的，更别说那些身单力薄的顽皮孩子们了。

到了秋天，当那些眉形的金黄色的柳叶落尽时，常常有一群一群穿着黄马夹的环卫工人们忙碌在柳树下，他们拉住那些凋尽了叶子的柳条猛力地一扯，便在一阵微雨似的咯咯嘣嘣的断折声中扯下来了一把一把长长的柳条。我十分惊异于他们的气力。春天时，我扯下一根柳条那么的难，而现在他们一下子扯下那么一大把却是那么的容易，何况他们还差不多是些年过半百的老头儿和老大妈呢。推开窗子，我向他们搭讪说："你们的力气真大，春天时我扯一根都再三扯不下来，现在你们却一扯就是一大把。"

正扯柳条的他们笑着说："怎么那么傻呢？春天时这些柳条是刚抽的，又柔又韧，扯下是不容易的，而到了眼下，它们早长老了、长脆了，不用费劲儿，一扯就断了。"

我听了，扶着窗棂愣了半天。

谁能想到呢？那些柔软，那些柔韧，恰恰是一种蓬蓬勃勃的生命力的贯穿和饱满啊，那是青春和年轻啊，及至长老了，生长结实了坚硬了，它们便脆弱了，轻轻一个打击，轻轻一阵风便会把它们摧毁的。

这多么像我们的心灵啊。年少时，为一句温情的话，为一道隽永的诗，甚至为电影里的一个情结，我们都会流泪。但到阅尽沧桑时，我们的心在岁月中坚硬了，见惯不惊了，不再会轻易地颤抖，不再会轻易地感动，不再会轻易地流泪。于是我们的生命便苍老了，岁月的轻轻一扯，就会清脆地折断。

心灵 寄语

人生是一个过程，在这个过程中我们都是很脆弱的，无论从哪个方面说起。从心灵，年少的我们缺少经历，很容易伤感；从身体，年老的时候我们的身体会逐渐的老去，而唯一可以不老的就是年少时的那一颗柔软的心。

动　力

　　生活就是需要一种积极面对的心态，每个人都会遭受到很多困难的打击，但是将这种打击转变为动力的人才是真正有能力成功的人。

牢骚太盛防肠断

千 萍

　　我小时候和奶奶一起住在阿肯色州的斯坦斐。奶奶开着一处小店。每当有以牢骚满腹、喋喋不休而出名的顾客来到她老人家的小店时，她总是不管我在做什么都会把我拉到身边，神秘兮兮地说："丫头，来，进来！"当然我都是很听话地进去。

　　奶奶就会问她的主顾："今天怎么样啊，托马斯老弟？"

　　那人就会长叹一声："不怎么样。今天不怎么样，赫德森大姐。你看看，这夏天，这大热天，我讨厌它，噢，简直是烦透了。它可把我折腾得够呛。我受不了这热，真要命。"

　　奶奶抱着胳膊，淡漠地站着，低声地嘟囔："嗯，嗯哼，嗯哼。"边向我眨眨眼，确信这些抱怨唠叨都灌到我耳朵里去了。

　　再有一次，一个牢骚满腹的人抱怨道："犁地这活儿让我烦透了。尘土飞扬真糟心，骡子也犟脾气不听使唤，真是一点儿也不听话，要命透了。我再也干不下去了。我的腿脚，还有我的手，酸痛酸痛的，眼睛也迷了，鼻子也呛了，我再也受不了了！"

　　这时候奶奶还是抱着胳膊，淡漠地站着，咕哝道："嗯，嗯哼，嗯哼。"边看着我，点点头。

这些牢骚满腹的家伙一出店门，奶奶就把我叫到跟前，不厌其烦地对我说：

"丫头，你听到这些人如此这般地抱怨唠叨了吗？你听到了吗？"我点点头，我奶奶会接着说："丫头，每个夜晚都有一些人——不论是黑人还是白人，富人还是穷鬼——酣然入眠，但却一睡不起。丫头，看那些与世永诀的人，温柔乡中不觉暖和的被窝已成为冰冷的灵柩，羊毛毯已成为裹尸布，他们再也不可能为糟天气或倔骡子去抱怨唠叨上 5 分钟或10分钟了。记着，丫头，牢骚太盛防肠断。要是你对什么事不满意，那就设法去改变它。如果改变不了，那就换种态度去对待，千万不要抱怨唠叨。"

据说人在一生中接受如此教育的机会并不多。而奶奶在我到13岁的时候，抓住每个这样的机会来教育我。牢骚满腹不仅使人颓唐，而且导致危险——它在给猛兽发信号：猎物就在你鼻子底下哩。

心灵 寄语

做人不应该总是抱怨，而是应该积极面对。抱怨和牢骚只会令事情走向不可挽回的极端，使我们失去方向。改变能改变的，接受不能改变，只有这样才能让生活变得更加美好。

一笑而过

张丽钧

面对失败和挫折，一笑而过是一种乐观自信，然后重整旗鼓，这是一种勇气。

面对误解和仇恨，一笑而过是一种坦然宽容，然后保持本色，这是一种达观。

面对赞扬和激励，一笑而过是一种谦虚清醒，然后不断进取，这是一种力量。

面对烦恼和忧愁，一笑而过是一种平和释然，然后努力化解，这是一种境界。

失败和挫折是暂时的，只要你勇于微笑；误解和仇恨是暂时的，只要你达观待之；赞扬和激励是暂时的，只要你不耽于梦想；烦恼和忧愁只是暂时的，只要你不被它左右。大海茫茫，百舸争流，不拒众流方为沧海。芸芸众生，人生无常，不被艰难困苦吓倒，方显英雄本色。风雨欲来，春花凋落，凭栏眺望，阳光总在风雨后；潮涨潮落，云卷云舒，闲庭信步，高挂前进的风帆，到中流击水，浪遏飞舟，前方就是成功的彼岸。

别再留恋破碎的旧梦，别再沉迷于往日的幸福光环．别再计较人生的得失，别再担忧明天的天气。既然选择了前方就只管风雨兼程，微笑着送走不愉快的阴云，不要让它们遮住你的眼睛。不要因为今天的痛苦就否定明天的幸福，不要因为小的成功而迷失了方向，不要因为眼前的风雨而否定明天的阳光。因为乌云是遮不住太阳的，是的，遮不住！也不要因为错过了星星而哭泣，否则我们会错过月亮。

既然这一切都是暂时的，我们为什么不一笑而过，从头再来呢？

生活中罩在我们头上的光环和不如意的事情就像颜色不一的气泡，不论多么好看或难看，总有一天它会破灭。与其盯着不开心的东西，不如活动自己的手脚，舒展自己的笑脸，实实在在地为着理想而追求。这时候，光环会变虚，我们的心灵却会因为不懈的追求和微笑慢慢地充实起来。人生就会像一条缓缓流动的河流，充实而自信；微笑就会像一朵朵翻腾的浪花，带给我们进取的快乐。

我们不能否认鲜花与荆棘相伴，也不能否认阳光与风雨同在，更不能否认成功与失败并存！人生不如意之时常一二，明媚之日常八九。那就一笑而过轻松上路吧，能够使自己忧伤也能够使自己快乐，这就是一笑而过的力量。

心灵 寄语

笑是一种坦然，笑是一种释然，笑是一种达观，笑是一种境界。笑是一种寻觅，是一种在悲剧世界里对美好的寻觅。笑是一种反击，是一种对艰难和失败最有力的反击。笑是一种蔑视，是一种对攻击和妒忌的蔑视。笑是人性中善良、美好和坚强品质的结晶，拥有微笑，人生天空里的乌云也会变得风轻云淡。

一夜与一生

雨 蝶

　　很多年前，在一个风雨交加的晚上，一对儿老年夫妇到一家旅店投宿。服务台一位年轻人热情地接待了他们："很抱歉，由于举办大型会议，我们这几天的房间全满了，而且附近几家饭店都是一样。"

　　老年夫妇满脸的遗憾，只好转身向外走。这时，青年服务员又拦住了他们："太太、先生，如果你们不嫌弃，可以在我的房间暂睡一晚，因为在这样的夜晚投宿无门是多么糟糕，而我又恰好加班。"

　　没有别的办法，老年夫妇一边道谢，一边接受了。

　　第二天早上，老年夫妇再次感谢了青年人，并把房钱递给他。青年人拒绝了："不，先生。我只是把自己的房间借给你住，这不属于营业范畴。"准备离开时，老先生对青年人说："好样的，或许有一天，我会为你建一所旅店。"青年人笑了笑，并没在意。

　　几年之后，青年人忽然收到了老先生的信，请他到曼哈顿去一趟。青年人在曼哈顿一幢豪华建筑物前又见到了老先生，老先生指着身后的建筑物说："还记得我说过的话吗？这就是我为你修建的饭店。"

　　不久，这个青年人就成了这家饭店的总经理，他做梦也没有想到，自己不经意的一次真诚竟换来了一生的回报。

　　不要吝啬自己的真诚，尽你所能帮助每一位需要帮助的朋友，这样不仅使你快乐，有时还可能因此改变你的一生。

心灵 寄语

　　一次微不足道的善念，却收获一生的幸福。人间最有效率的投资不是股票投资，不是产业投资，而是善意的投资。你永远想象不到你付出的一点点善念，会以怎样的速度增值。把善念当成一种习惯，不分时间，不论地点，不管多寡，让爱心渗透到你的生活。你在生活中播撒的善念种子越多，你收获成功的机会就越大。

生活并没有痛苦

晓 雪

法国纪录片《微观世界》中有这样一个场景：一只屎壳郎推着一个粪球，在并不平坦的山路上奔走着，路上有许许多多的沙砾和土块，然而，它推的速度并不慢。

在路正前方的不远处，一根植物的刺直挺挺地斜长在路面上，根部粗大，顶端尖锐，格外显眼。也许是冥冥之中的安排，屎壳郎偏偏奔这个方向来了，它推的那个粪球一下子扎在了这根"巨刺"上。

然而，屎壳郎似乎并没有发现自己已经陷入困境。它正着推了一会儿，不见动静。它又倒着往前顶，还是不见效。它还推走了周边的土块，试图从侧边使劲——该想的办法它都想到了。但粪球依旧深深地扎在那根刺上，没有任何出来的迹象。

我不禁为它的锲而不舍好笑，因为对于这样一只卑小而智力低微的动物来说，实在是不会解决好这么大的一个"难题"的。就在我暗自嘲笑它，并等着看它失败之后如何沮丧地离去时，它突然绕到了粪球的另一面，只轻轻一顶，"咕噜"一声，顽固的粪球便从那根刺上"脱身"出来。

它赢了。

　　没有胜利之后的欢呼，也没有冲出困境后的长吁短叹。赢了之后的屎壳郎，就像刚才什么也没有发生过一样，几乎没有做任何的停留，就推着粪球急匆匆地向前去了。只留下我这样的观众，在这个场景面前痴痴发呆。

　　也许在生活的道路上，它已经习惯了这样的场景；也许它活着，根本不需要像人一样，需要许许多多的"智慧"；也许在它的生命概念中，根本就不懂得输赢。推得过去，是生活；推不过去，也是一样的生活。

　　由此想来，也许生活原本就没有痛苦。人比动物多的只是计较得失的智慧以及感受痛苦的智慧。

心灵寄语

　　生活的意义其实并不在于它顺利与否，并不是说失败就是痛苦，逆流就是痛苦，反而我们应该知道的是生活无论怎样都是生活，又何苦计较着它所经历的事情的好与坏呢？

给心灵化妆

忆 莲

我的一位女同学突然患病住进了医院。

她是一名教师，平时是极重仪表的那类人，衣服总是穿得一丝不乱，烫得一个皱褶都没有，每天去学校，她都要一丝不苟地化妆，用吹风机吹发，把自己拾掇得洁净而大方。她说自己是一名教师，不注重仪表，是无法在讲台上从容面对自己学生的。

现在她住院了，而且病得很重。我们到医院去看望她的时候，是在早晨不到八点的时候，她的病房是空的。我们问护士，护士说刚才还在呢，是不是到医院后的竹林里散步去了。我们思忖她的病这么重，哪还有什么心思去散步呢？我们到后边的竹林里去找她，果然没找着。于是我们就只好坐在病房里静静地等候她。

八点多的时候，她回来了，令大家倍感惊讶的是，她虽然明显被病魔折磨得瘦而憔悴，身体看上去十分虚弱，但却不减平日的风韵，穿着整洁而得体，头发梳理得纹丝不乱，颈上打着漂亮而素雅的领结。她不好意思地告诉我们说，她刚才到医院的盥洗室化妆去了。

大家十分惊讶，在医院住院，病得又这么的重，还要坚持去化妆，这样的病人真的太少见了。我们劝她说："养病重要，住院还化什么妆呀，医院里的病人，个个都是素面朝天，面色憔悴就憔悴些吧，头发乱就乱一些吧，在病房里把自己拾掇得那么美，又能给谁看呢？"她笑着摇摇头说："病人也需要化妆，把自己画漂亮些，可以让来查房的医生、护士有个好心境，再说那些亲朋好友来了，他们看不到我的憔悴，心也会轻松起来的。"她顿了顿又说："在病房里化妆，可以给亲朋好友们以很好的抚慰，免得他们为我牵挂、为我的病提心吊胆。"

又坐了一会儿，她央求我们到街上给她买两束花来，并且要求我们顺便给她带一瓶香水。我们劝她说："你以为你是住酒店啊，这里是医院，你是病人。"她笑笑说："我知道，可你们知道吗，今天上午我的一群学生要来病房里探望我，我不想让他们看到我被病魔击倒的样子，我要让他们看见，生命是多么的美好而坚强，人是不会轻易就被打倒的！"

我们答应了。

那天临告别的时候，她忽然拦住我们说："过几天我就要做手术了，我不知道结果会怎么样，但我只有一个愿望，如果我不能笑着走下手术台，在最后的时候，你们一定要好好为我化一次妆。尽量让我的唇角有微笑，这样，我才可以坦然地见一切人。记住，你们一定要帮我！"我们阻拦她，不要她这么说，但她说："其实，我已经知道自己患的是什么病，我已经做好了最后的打算。"

看着她憔悴但仍然微笑的模样，我们含着泪答应了。我们怎么能不答应呢？一个人可以这样勇敢地为自己的心灵化妆，目的只是想留下让别人宽慰的生命微笑，这是多么美、多么善良、多么纯净的一种祈望啊，就像一朵菊花在寒霜里仍然微笑，就像一粒火星在冰雪中仍然闪烁光亮。给心灵化妆，这是世界上生命之美的一种从容和极致。

心灵 寄语

人最美的就是心灵，然而有的时候外表的庄重也有很大作用，因为那个不是让自己美丽，更是对别人的尊重的抚慰，也就是说心灵的美可以从各个方面体现，重要的是我们心中要有他人。

心灵的自在，
才是最大的神通

雁 丹

有个年轻人，很想能通过宗教的修持，而学到所谓的神通。

有一天，他就到一处深山去找一位灵修大师。

结果，这位灵修大师只告诉了他一个方法，就是只要这个年轻人能不断静坐、冥想，以及祷告与持诵一些咒语，他就能得到大神通。

这个年轻人本以为只要照着去做，日后一定可以习得大神通。

没想到，半年之后，这个年轻人并没有在神通力上有任何的收获。

他十分气愤地去质问灵修大师。

"你不是说，只要我照着你的方法去做，就可得到大自在与大神通吗？怎么我一点儿收获都没有呢？"

只见那灵修大师一点儿都不生气，只问了这个年轻人一句话：

"当你每天醒来，你是不是感到特别的清醒呢？"

这个年轻人点了点头。

"当你能清醒地过完每一天，且很愉快地享受每天阳光的灿烂，这不正是代表，你是很自在又舒畅地在过生活吗？"

这个年轻人又点了点头。

"难道这不就是你所要追求的自在与神通吗？"

心灵上能得到的自在与愉悦，这才是人生中最大的神通所在。

奥玛哈·毕说："农夫也许会认为，自己只不过是在田里播下了几粒种子，但如他能张开心灵的眼睛，用更宽广的视野来看自己，他就会发现，原来他所播下的种子，是可以喂饱整个世界的。"我们中很多人每天都对自己的生活不如意，或抱怨郁闷，或抱怨无聊，有的甚至饱食终日却痛不欲生。实际上，只要他们换个角度想想，他们比起辛劳的农夫来说，生活远远不是他们感受的那样。

心灵 寄语

幸福的人都是拥有大智慧的人。物质的丰富并不能带来幸福的感觉，很多人过着衣食无忧、奢华安逸的生活，但他们却感觉自己离幸福很远。幸福与外界条件无关，幸福是对生活的满足，是内心的澄清，是精神的自在。只有剔透的眼睛，才能看到美好的存在，只有空灵的内心，才能体验生命的和谐。真正的自在是从心灵起航，并最终回归心灵。

珍惜是福

采 青

亨利六世时期，特德很想成为一位富翁。

特德家境贫寒，从小到处流浪，努力寻求如何才能变成富翁的方法。他当过泥瓦匠，卖过服装，当过跑堂的伙计，还用多年积攒的钱贩卖过食盐，然而，几年过去了，他不仅没有变成富翁，反而将积攒的一点钱花得一干二净，他本人也因为屡屡失手而变得心灰意冷，他感叹人生无常、命运不公，觉得辛辛苦苦地干活也是无济于事，到头来还是个沦落街头、衣衫褴褛的流浪汉。

在一个风雨交加的夜里，一连三天水米未进的他跌跌撞撞地拐进了一座破教堂，雷电交加，照亮教堂里的一尊神像，他跪在地上，虔诚地向神诉求："神啊，你大慈大悲，为什么不能指点我一条成为富翁的路呢？"他饥饿交织，瘫倒在地上。

冥冥之中，特德仿佛听见神的声音，神说："年轻人，世间的万物皆互为因果，因便是果，果即为因，从此以后，凡是你碰到的东西，哪怕何等微小，你也要珍惜爱护。没有绝对无用的东西，为你遇上的人着想，你会有好报的。"

特德突然惊醒，神的话他牢牢记在了心上，决心照神的指示去做，重新振作起来。次日清晨，他来到一条小河边洗了洗脸，见水面上浮着一片枯叶，上面一只小蚂蚁正在挣扎。他小心翼翼地捡起那片枯叶，将小蚂蚁放到地上。小蚂蚁迅速地领来了一群蚂蚁，他们排成黑压压的一队，指示特德往西南走去。果然，翻过一个小坡，下面是一片茂密的野果林。特德饱饱地吃了一顿，又摘了几个揣进怀里。他继续赶路，不久碰到一个躺在路边的商人，原来商人迷了路，已经几天没吃东西了。特德给了商人两个果子，商人甚是高兴，就送了特德一瓶灯油继续往前走。

天黑了，特德来到一间黑屋子前。屋里没有灯，只有孩子的哭声，原来这家人的孩子病了，天黑路远请不到医生，特德把灯油倒进油灯中，提着油灯请来了医生治好了孩子的病。

孩子的父亲十分感激年轻人，送了他一锭金子作为报答。特德用这锭金子买了一个果园，由于他为人厚道，帮助他的人很多。几年以后，特德有了自己的花园，成为远近闻名的富翁。

心灵 寄语

珍惜眼前所有的事物，无论从什么方面上来说，例如时间、机遇、人和事。每一份珍惜最终都将给我们带来一份惊喜的回报，所以我们要学会懂得珍惜。

让笑容稍息

向　晴

　　夏初，去帮朋友操持婚礼，顺便带上 6 岁的侄女，安排她去给朋友扯婚纱，也算是一个工作人员。

　　我反复告诉她，那是一场很重要的婚礼，快乐的聚会，她必须学会保持一种幸福的笑容，对每一个人都要微笑，因为她的小笑脸将随时被刻画在摄影镜头里。侄女点头拉勾说好，我才放心下来，要知道，这个孩子向来有点儿莫名的羞怯与忧郁，并不是很喜欢微笑。

　　婚礼那天，侄女果然履行她的承诺，她表现得很好，穿着白色的小婚纱，始终将笑容挂在脸上，她纯真的笑容看上去让人有种圣洁美好的感觉。想一想平日里，她这样的笑容是十分难得的，虽然我们反复教导她要知礼数而懂微笑，但都没有今日的完美。

　　但婚礼中途的时候，我却找不见她了。找了半天，才发现她躲在酒店二楼的楼道上看满城的灯火，一脸笑容殆尽的平静。我轻轻地走上去，问她："你怎么了？躲在这里干什么？不开心吗？"

　　她扭头对我说："我没有不开心呀，我只是笑累了，想让脸蛋休息一下。"

　　我听罢哈哈大笑起来，多可爱的孩子呀，我让她笑，她就一直笑着，累了也坚持着。实在不想笑了，也懂得躲起来一个人沉默，只为不影响别人的心情。进而一想，我又不禁心生怜惜起来，她本是一个心事平静不爱微笑的小女孩，如此让她违心地笑上一天，也真是委屈她了。

有多少时候，其实自己并不是觉得生活那么美好、工作那么顺利、笑话并不是那么可笑，但我们不也是要假装高兴勉强一笑吗？为什么不让笑容稍息呢？

我愿意她用自己的表情去表达传递她的情感。而我跟她学会了，在一个人的时候，找一个安静的角落让笑容稍息。

心灵 寄语

人生需要面对的事情很多，我们遇到的喜怒哀乐都可以在外表中表现出来，我们通常都是给人以快乐的假象，其实我们可以让自己休息，表达自己真正的情感。

拥有现在就
拥有快乐

慕　菡

1929年，纽约股市崩盘，美国一家大公司的老板忧心忡忡地回到家里。

"你怎么了，亲爱的？"妻子笑容可掬地问道。

"完了！完了！我被法院宣告破产了，家里所有的财产明天就要被法院查封了。"他说完便伤心地低头饮泣。

妻子这时柔声问道："你的身体也被查封了吗？"

"没有！"他不解地抬起头来。

"那么，我这个做妻子的也被查封了吗？"

"没有！"他拭去了眼角的泪，无助地望了妻子一眼。

"那孩子们呢？"

"他们还小，跟这档子事根本无关呀！"

"既然如此，那么怎能说家里所有的财产都要被查封呢？你还有一个支持你的妻子以及一群有希望的孩子；而且你有丰富的经验，还拥有上天赐予的健康的身体和灵活的头脑。至于丢掉的财富，就当是过去白忙一场算了！以后还可以再赚回来的，不是吗？"

三年后，他的公司再度成为《财富》杂志评选的五大企业之一。这一切成就仅靠他妻子的几句话而已。

　　活在当下是很好的一个生活理念，过去的生活已经过去，我们不可能回到过去，那只是一种回忆，而未来的事情我们是无法预见的，把握住现在的一切，才可以让我们真正地活在现实之中，享受其中的快乐。

动　力

宛　彤

亚兰是美国联合保险公司的一位推销员，他想成为这个公司的明星推销员。

他努力应用他在励志书籍和杂志中所读到的积极心态的原则。不久，他遭遇了一个厄运，这给了他一个发挥心态的良机，他有效地发挥了自己的积极心态。

寒冬的一天，亚兰在威斯康星州一个城市的街区中推销保险单，却没有做成一笔生意。当然，他对自己很不满意。但他没有因此而气馁，而是选择了积极的心态，将这种不满转变为一种励志的动力。

他记起他所读过的书，于是，他应用了积极心态的原则。

第二天，当他从办事处出发时，他向同事们讲述了前天所遭遇的失败，接着他说："等着瞧吧！今天我将再次拜访那些顾客，我将售出比你们售出的总和还要多的保险单。"

后来的事实是，亚兰做到了这一点。他回到那个街区，又拜访了前一天同他谈过话的每一个人，结果当天就售出了66张新的事故保险单。

这确是一个不平常的成就，而这个成就是由厄运造成的。那时亚兰在风雪中穿街过巷，跋涉了8个小时，却没有卖出一张保险单。可是亚兰能够把头一天大多数人在失败的情况下所感觉到的消极不满，在第二天就转化成积极心态下的动力并且取得了成功。

亚兰确实成了这个公司的最佳销售员，后来他被提升为销售经理。

心灵 寄语

生活就是需要一种积极面对的心态，每个人都会遭受很多困难的打击，但是将这种打击转变为动力的人才是真正有能力成功的人。

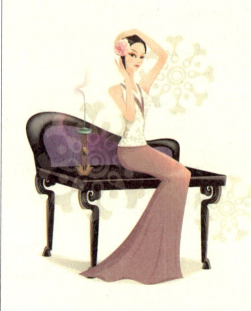

感悟人生

冷 薇

经过艰苦奋战，我终于冲破了七月的"黑暗"，进入了当地的一所师范院校。虽然这不是我理想中的学校，但只要有学习的机会，我想凭着"少年心事当拿云"的那份雄心，就一定能实现自身的价值。

"理想的蛋壳却经不起现实的轻轻一碰。"枯燥的学习、单调的生活以及复杂的人际关系一下子磨尽了我的壮志。而一想到在名牌学府展翅奋飞的昔日同窗，心中的天平就开始倾斜，我开始消沉起来，在怨天尤人中混着日子。

"感到自己在这个世界上是件多余的装饰品，那是很难堪的。活着而没有目标是可怕的。"如浮尘般浑浑噩噩地过日子，于我来说无疑也是痛苦的，但我却无法走出这种困境。

然而，生活中的任何小事都可能激励你。在一个深秋的黄昏，我从街上游逛归来。在街头昏暗的路灯下，我看到了一幅平常却又感人的景象：一位衣衫褴褛的中年男子带着女儿在那里卖菱。秋风瑟瑟，生意冷清，一脸疲惫的他回头看了看缩在墙角的女儿，就生起一小堆火来，把女儿抱在膝盖上，做着笨拙的手势，笑容可掬地逗着她玩。从他那安详的脸上，我仿佛听到他在坚毅地说："生活无所谓好坏，重要的是在于你怎么看待了。"

　　是呀，幸与不幸，在天不在人，觉得幸与不幸时，则在自己。欲望是无穷的，因此我们必须用内心的那杆秤去衡量，而那秤砣则视具体而定，既不要妄自菲薄，也不要螳臂挡车。作为一名当代的大学生，"天之骄子"的年代虽已一去不复返，但我们可以在优良的学习环境中不断充实自己，在实践中不断地证实自己。

　　随着长久以来聚积在心头阴霾的散去，我恍然感悟到：每个人的人生际遇是不同的。也许在你的脚下是平坦的金光大道，抑或是崎岖的山间小径；也许你将成就轰轰烈烈的事业，也许你一生将是平平淡淡。但人生，既不在于开端也不在于结果，而在于过程。只要带着乐观的人生态度去拼去搏，即使不能到达理想的巅峰，我们也已在人生过程中实现了自身的价值。莱蒙托夫在《生活金杯》中吟唱着"……直至面对死亡，脸上照带放松，此时恍然明白，金杯原是空空，也曾斟入理想，奈何不属吾等"般的老大徒伤悲．而我们则可以无怨无悔地面对这一生。当我们回首来时路时，已不再是惘然如梦，而是一片金色的足迹！

心灵 寄语

　　两个朋友开车前往山顶旅游，其中一个急性子拼命催促开车的朋友，希望快点儿到达山顶。到达山顶后，那个急性子埋怨山顶的风景并不怡人。开车的朋友说，其实最好的风景在山腰，你因为心中只想着目标，错过了近在咫尺的风景。功利的人常常重视结果而忽视过程，常常追求目的而忘记了享受，于是人生最有价值的东西便与他们擦身而过。

不要背着包袱赶路

冷　柏

一个青年背着一个大包裹千里迢迢跑来找大师，他说："大师，我是那样的孤独、痛苦和寂寞，长期的跋涉使我疲倦到极点，我的鞋子破了，荆棘割破双脚；手也受伤了，流血不止；嗓子因为长久的呼喊而嘶哑……为什么我还不能找到心中的阳光？"

大师问："你的大包裹里装的是什么？"

青年说："它对我可重要了。里面是我每一次跌倒时的痛苦，每一次受伤后的哭泣，每一次孤寂时的烦恼……靠了它，我才有勇气走到您这里来。"

于是，灵智大师带青年来到河边，他们坐船过了河。上岸后，大师说："你扛着船赶路吧！"

青年很惊讶，说："它那么沉，我扛得动吗？"

"是的，孩子，你扛不动它。"大师微微一笑，说，"过河时，船是有用的。但过了河，我们就要放下船赶路。否则，它会变成我们的包袱。痛苦、孤独、寂寞、灾难、眼泪，这些对人生都是有用的，它使生命得到升华，但须臾不忘，就成了人生的包袱。放下它吧！孩子，生命不能太负重。"

青年放下包袱，继续赶路，他发觉自己的步子轻松而愉悦，比以前快得多。

心灵寄语

　　过去的事物我们可能难以忘记，但是过去就是过去了，永远都回不来，我们应该做的是将过去的一切不顺利抛在脑后，这样才可以让我们更为轻松地为将来奋斗！

别让灰尘落到心上

凝 丝

一粒灰尘能带来什么样的影响？

在天文学家洛韦尔预言在海王星外有一颗尚未发现的行星后，匹克林用望远镜拍照观察了十几年，却一无所获。

直到冥王星被发现后，他才恍然记起自己拍的照片上有这个点，只是当时他记得镜头上有粒灰尘，正在如今冥王星的位置上。就是这粒灰尘，让第一张冥王星的照片静静躺了11年，也让匹克林错过了发现冥王星的机会，使他十几年的努力付诸东流。

同是一粒灰尘，却让弗莱明发现了青霉素。在他之前，很多人都注意到了葡萄球菌现象，可是都没有能继续深入研究下去。

他在培育菌种时，飘来一粒灰尘，落到了培养皿中，结果受到污染的霉菌周围清澈透明，葡萄球菌繁殖区域的黄颜色消失了……原来在灰尘中生成了青霉菌。就这样，弗莱明发明了抗菌新药——青霉素。

不过，真的是那粒灰尘叫匹克林功败垂成，而让弗莱明功成名就吗？镜头上是落上了灰尘，但更主要的是匹克林心上也落上了灰尘，他认为冥王星不可能运行在灰尘所在的区域中，否则他怎么会吝惜那丝吹灰之力呢？

当那粒灰尘飘到培养皿中时，弗莱明心上并没有因此蒙上灰尘，要不严谨的他怎能不把它倒掉从头再来呢？

世界灰尘蒙蒙，而只有那颗慧心不曾蒙尘的人，才能发现生活的缤纷色彩，品尝到成功的喜悦，并为之陶醉。恰如弗莱明于纷乱之中，以其不染尘的睿智，从那粒纤小的灰尘上抓住了成功的机会一样。

所以，那粒灰尘可以落到镜头上，落到培养皿里，落到任何地方，却一定不要让它落到心上，因为我们本来就是用心来观察触摸这个世界的！

心灵 寄语

生活的意义在于发现，发现在于仔细。当我们心里存着很多东西的时候，我们更应该做的是让一切清澈如水，把心真正地投入，我们才能做到一切。

找到
属于你的一切

碧 巧

那是个隆冬腊月的下午，我独自一人向汽车站走去。早在一小时前，我所有的伙伴都放学回去了，但我却因为西班牙语课迟到，不得不在别人走后留下。"这太不公平了！"我愤愤地自语，对惩罚我的老师充满了怨恨。还有，上次数学测验不及格，同样也不是我的过错。我觉得这世界恨我，我反过来也恨这个世界。

离车站还很远，我沿着人行道疲惫地走着。"老师有什么权利布置家庭作业？"我憎恶拿在手里的这些课本，这些书我已勉强读了一年了。

到了车站，我把书丢在身边的公共长椅上诅咒起冰冷的天气来。不一会儿，又来了位妇女，嘴里哼着一首欢快的乐曲。我苦笑了一下，今天的遭遇全齐了——我又碰到了一位汽车站上的疯女人。

"你在街那头上学吗？"她问我。嫣然地一笑，露出满脸的皱纹。

"嗯。"我不想和她啰唆，只应了一声。出于好奇，我上下打量起她。

她是一位体格健壮的中年妇女，虽说看上去神采奕奕，但穿着破旧，也不合体。手里拎着一只浅蓝色的大塑料袋，很像我小时候背的书包，里面塞满了各种古怪的东西。她注意到我对袋子发生兴趣，便将手伸进去："这是我从那幢公寓后面捡的。"她说。

她显得很健谈。"你是个可爱的小姑娘。"我往椅子边上挪了挪，有些窘怯。

"谢谢。"我笑着答道，接着便看我自己的书。

"记得在中学的时候，"她笑着说，"我非常想当护士，我曾经把书拿回家每天晚上苦读，梦想有一天能帮助人们。当然，我一直很清楚，像我这样的黑姑娘成为护士的希望很小，不过你知道，我还是当上了护士。"她满意地看着我，我发现自己也正注视着她。

"后来有一天，妈妈得了重病，我是家里的老大，只好回家照顾妹妹们。过了一个长长的严冬，到了春天，妈妈去世了。"她说着，仍在微笑。

"对不起！"我说，意指她母亲的死。

"不，"她笑得更响了，"妈妈常教我要有信心，我想上帝会照顾她的。不管怎样，我的命还不坏。我有个儿子，想当医生，这不就很好了吗？他是个好孩子，从不伤害别人。他靠助学金上大学，打算当医生。"我们相视而笑。

"他多想让他母亲自豪，可他得了白血病，医生大概能治好他。真是个好孩子，我每时每刻都在为他祝福，我相信奇迹会出现的。"她微笑着，这微笑把我深深地迷住了。

"你真漂亮，又年轻，看见你拿的书，我觉得你像个非常聪明的孩子。"她说什么倒无所谓，只是她对我说话的神情和那灼热的目光，以前我从来没有见到过。

在学校，我成绩平庸，屡次给自己丢脸，老师不满，同学讨厌。生物考试作弊被抓住，大家更是讥笑我，我也试图嘲笑自己，但结果却痛哭一场。

而在这儿——辛辛那提市中心的寒冷天里，一个陌生的、我自以为比我不幸得多的人，向我微笑，我感到一阵温暖。

汽车缓缓驶来。"我要上车了。"我嘴上这么说，身子却没动。

"生活多美！"她说着，将手放在我的手上，"我愿你找到属于你的一切。"

我上了车，心里充满了快乐，再不觉得前面的路长，因为还有更远的路等着我。天空飘起雪花，我看得入了神，多美啊！车外，孩子们在沿途的人行道上

欢快地嬉戏，伸出舌头，接落下的雪花，他们同样很可爱。我低头看着书包中的书，它们也变得可爱了！我急于要读它们，不是因为学习任务，也不是讨父母欢心，而是心里要读。

 心灵寄语

在我们抱怨所遇到的不公平或者挫折的时候，往往忽略了一件重要的事情，其实我们可以得到许多我们想要的，但就是因为迷失了自我，错过了很多，忽略了很多。当我们放松心态，用微笑去面对生活的时候便会发现其实我们也拥有很多。

心态比环境重要

当我们遇到危机的时候，或者是我们遇到了前所未有的困难的时候，我们都不应该放弃自己，摆正心态来面对一切才是最重要的。

清楚的安排

静　松

一个10岁的男孩儿走进一家美式快餐厅，他悄声问女服务员："一筒巧克力冰淇淋要多少钱？"服务员回答："0.5元钱。"男孩儿从口袋里拿出钱数了数，又问："那一个普通的冰淇淋多少钱？"

一些顾客在旁边等待着，女服务员显然有些不耐烦了，便没好脸色地大声道："0.35元。"男孩儿又数了数手里的钱，之后，他坚定地说："给我普通的冰淇淋吧！"服务员给他端来冰淇淋，将账单放在桌上，转身又忙去了。

男孩儿吃完冰淇淋后离开了餐厅。当那个女服务员回来收拾餐桌时，眼前的情景令她无地自容：在空盘子旁整齐地放着0.15元，那是男孩儿留给她的小费！

多么清楚的安排！小男孩儿明白，如果不给小费自己可以吃到巧克力冰淇淋，但他选择便宜的那份。因为，他早已为对方准备了一份小费，他不能"动用"它。

心灵寄语

面对一切事情，有谁的心里能够一直装得下其他人？当我们做事情的时候，或许心中根本没有考虑到他人，但是能够做到心有他人的安排，这是一种高尚。

把大石头搬出去

佚　名

一个小男孩儿在他的玩具沙箱里玩耍，沙箱里有他的玩具小汽车、敞篷货车、塑料水桶和塑料铲子。

当小男孩儿在松软的沙堆上修筑"公路"和"隧道"的时候，他在沙箱的中间发现了一块巨大的石头，阻挡了他的"工程"建设。于是，小男孩儿开始挖掘石头周围的沙子，企图把它从沙子中弄出去。虽然石头并不算大，可是对于一个小男孩儿来说已经相当大了。小男孩儿手脚并用，费了很大力气，终于把大石头挪到了沙箱的边缘。不过，他发现自己根本没有力气把大石头搬出沙箱的"墙"。

但是，小男孩儿下定决心要把大石头搬出去，于是他用手推，用肩拱，左摇右晃大石头，一次又一次地努力。可是，每当刚刚有一点进展的时候，大石头就又滚回原处。最后一次努力时，大石头滚回来砸伤了他的手指头。

终于，小男孩儿再也忍不住了，大哭起来。其实，这件事的整个过程都被小男孩儿的父亲透过起居室的窗户看得一清二楚。就在小男孩儿哭泣的时候，父亲忽然出现在小男孩儿的面前。父亲温和地对小男孩儿说："儿子，你为什么不用尽你所拥有的全部力量呢？"

小男孩儿十分委屈地说："但是，我已经用尽我的全部力量了。"

"不对，儿子。"父亲亲切地说，"你并没有用尽你所拥有的全部力量，你并没有请求我的帮助哇。"说完，父亲弯下腰，抱起那块大石头，把它搬出了沙箱。

心灵寄语

其实一个人的力量可以很大，就看怎么去思考。一个人有的不仅只是身体的力量，还应该有智慧的力量，而我们做事情的时候完全可以利用智慧来壮大我们的力量。

适合自己的鞋

芷 安

一个男孩儿子出生在布拉格一个贫穷的犹太人家里。他的性格十分内向、懦弱，没有一点男子气概，非常敏感多愁，老是觉得周围环境都在对他产生压迫和威胁。防范和躲灾的想法在他心中可谓根深蒂固，不可救药。

男孩儿的父亲竭力想把他培养成一个标准的男子汉，希望他具有风风火火、宁折不屈、刚毅勇敢的特征。

在父亲那粗暴、严厉且又很自负的斯巴达克似的培养下，他的性格不但没有变得刚烈勇敢，反而更加懦弱自卑，并从根本上丧失了自信心，致使生活中每一个细节、每一件小事，对他来说都是一个不大不小的灾难。他在困惑痛苦中长大，他整天都在察言观色，常独自躲在角落处悄悄咀嚼受到伤害的痛苦，小心翼翼地猜度着又会有什么样的伤害落到他的身上。看到他那个样子，简直就没出息到了极点。

看来，懦弱、内向的他，确实是一场人生的悲剧，即使想要改变也改变不了。因为他的父亲做过努力，已毫无希望。

然而，令人们始料未及的是，这个男孩儿后来成了20世纪上半叶世界上最伟大的文学家，他就是奥地利的卡夫卡。

卡夫卡为什么会成功呢？因为他找到了合适自己穿的鞋，他内向、懦弱、多愁善感的性格，正好适宜从事文学创作。在这个他为自己营造的艺术王国中，在这个精神家园里，他的懦弱、悲观、消极等弱点，反倒使他对世界、生活、人生、命运有了更尖锐、敏感、深刻的认识。他以自己在生活中受到的压抑、苦闷为题材，开创了一个文学史上全新的艺术流派——意识流。他在作品中，把荒诞的世界、扭曲的观念、变形的人格，解剖得更加淋漓尽致，从而给世界留下了《变形记》《城堡》等许多不朽的巨著。

是的，人的性格是与生俱来不可随意硬性逆转的，就像我们的双脚，脚的大小无法选择。

别再抱怨你的双脚，还是去选取一双适合自己的鞋吧！

心灵寄语

人的一生之中最难改变的就是性格，每个人的性格差异使得每个人的处世原则都有不同，但是正因为这样，才有了形形色色的世界，每个人都要找对自己的方向，来更好的创造我们的生活。

走进星星的世界

佚 名

有一个美国年轻军官被派到一处接近沙漠边缘的军事基地。

他不想新婚的妻子跟着他离开都市生活前往沙漠受苦，但妻子为了证明夫妻同甘共苦的深情，执意一同前往。

军官只好带着妻子前往，并在驻地附近的印第安部落中帮妻子找了个木屋安家。

该地夏天酷热难耐，风沙多且早晚温差变化大，更糟的是部落中的印第安人都不懂英语，连日常的沟通交流都有问题。

过了几个月，妻子实在是无法忍受这样的生活，于是写了封信给她的母亲，除了诉说生活的艰苦难熬外，信末还说她准备回去过都市生活。

她的母亲回了封信跟她说："有两个囚犯，他们住同一间牢房，往同一个窗外看，一个看到的是泥巴，另一个则看到星星。"

妻子倒不是真的想离开丈夫回都市，只是发发牢骚罢了！接到母亲的信件后，便对自己说："好吧！我去把那星星找出来。"

从此后她改变了生活态度，积极地走进印第安人的生活里，学习他们的纺织和烧陶，并迷上了印第安文化。

闲暇之余，她还认真地研读许多关于星象天文的书籍，并运用沙漠地带的天然优势观察星星，对此十分着迷。几年后她出版了几本关于星星的研究书籍，成了星象天文方面的专家。

"走进星星的世界。"她常常在心底这样跟自己说。

心灵寄语

每个人的生活环境都会因为种种意愿而发生变化，然而当我们遇到这种变化的时候，我们更应该做的是要让自己融入那种生活方式，而不是去抱怨它，这就是我们所说的适应社会。

我听见了
长大的声音

雪　翠

　　17岁那年，我已长得人高马大了，和父亲站到一块儿，我足足比他高出半个头来，虎背熊腰的，威武得不行。父亲常常高兴地拍着我厚厚的肩胛说："瞅瞅，成一条大汉了。"

　　块头虽然不小，但因为我一不甘心像父亲那样一辈子泡在一亩三分地里，二是嫌外出打工不体面，所以整天待在家里，东游西逛无所事事。那年春天，村东头福海叔家翻盖新瓦房，人手紧，父亲跟我说："你在家里闲着也是闲着，明天去你福海叔家帮把手去。"

　　我说："我又不会干泥瓦活儿，我去干什么？"父亲说："不会做手艺活儿，你搬砖运瓦总能干吧？"我一听，脖颈顿时就梗了起来："让我搬砖运瓦呀？听那一群泥瓦匠指东吆西？我不去！"

　　父亲瞅了我半天，叹口气："俺知道你，又嫌去搬砖运瓦不体面了不是？不去也行，咱俩明天换换工，你去镇上买几袋化肥，我去你福海叔家帮忙。"父亲也不是什么手艺人，只有一身好力气，村里谁家翻房盖屋了，即使人家不来找，父亲听说了就去搬砖、运瓦、和泥，尽做一些笨重的苦力活儿，但父亲在乡亲中却挺有威望，十里八村的乡亲们说起他，都啧啧称赞说："那真是个好人呀。"

　　第二天清早，父亲就去了福海叔家。吃过早饭，我套好一辆架子车，拽着去二十余里外的镇上买化肥，回来时可就难了，七八袋化肥，七八百斤重，一溜的上坡路，我拼命地弓着腰拽，没拽出多远，汗水就把上衣洇透了，两条腿儿也软得直打颤，心怦怦直往嗓眼儿跳，上气难接下气。正愁得不行时，恰遇到几个过路人，他们二话没说，将自己拎的东西往我车上一扔，就挽起袖子帮我推起来。车轱辘沙沙地，车子一下子变得又轻又快了。上到坡顶，我望着他们一张张汗涔涔的脸，心里十分感激，红着脸一个劲儿地对他们说："大叔大婶，我谢谢你们了！"几个人淡淡地笑笑说："没啥，不就是搭把手嘛？"

　　夜里，父亲从福海叔家回来，问我："这么多化肥，一个人怎么拉回来的？"我跟他讲了上午的事。听罢，父亲说："你向人家道过谢没有？""当然道谢了。"我说。父亲思忖了半晌说："你尝过别人向你道谢的滋味吗？"我摇摇头。"你整天待在家里也憋得慌，这两天买化肥的人多，你明天去路上转悠转悠，见有需要帮忙的人，就伸手帮一把吧。"父亲说。

　　第二天闲在家里没事，我就一个人步行着去镇上转悠了一圈。返回时，果真见有几个艰难运化肥的乡亲，想想自己昨天的事情，我默默挽起了袖子，快步上前，不声不响地帮忙推起来。车到了坡顶，拉车的人回过头来，满脸感激说："小伙子，谢谢您帮忙了！"

　　"谢谢您？"我一愣。这是我第一次听到别人对我说这样的话，脸羞得热热的，心里却兴奋极了！我以前多少次向别人道过谢，但没想到别人向自己道谢时，这瞬间的感觉是这么的美妙，像薰香的微风，又像池塘的涟漪、月夜下的曼歌。

　　回到家里，我还沉浸在这种兴奋和快乐中。夜里父亲回来，看到我舒心的模样，笑着问："尝到别人向你道谢的滋味了？"我点点头。父亲又问："比你向别人道谢的滋味怎么样？""当然感觉好多了！"我说。

　　父亲笑了。父亲顿了顿说："你长这么高了，成一条大汉了，应该懂得这种事理了，当你自己还总是对别人说谢谢的时候，你是找不到快乐的。当别人由衷地对你说声'谢谢'时，快乐就会来找你。人活这一辈子，应让别人经常对你道谢，只要你心里常揣着一句让别人'谢谢我'，活着就是高兴和快乐的。"

　　"谢谢我？"我愣了，当我又细细品味了父亲的这番话后，不禁对向来不屑一顾的父亲肃然起敬了。

第二天早晨起来，我对父亲说："今天你忙家里的活吧，我去福海叔家帮忙搬砖运瓦！"父亲咧着嘴赞赏地笑了："去吧去吧，能给别人帮助，你才知道活着的味道。"多年以后，当我阅读托尔斯泰的作品时，发现了这样一句话："为别人而生活着是幸福的！"

这和父亲的"谢谢我"有异曲同工之妙啊！

"谢谢我"，是我成熟的一座纪念碑；从一句句轻轻的"谢谢你"中，我听见了自己长大的声音。

心灵寄语

生活的过程是难得的，我们在生活中更多的是为自己而获，而反过来我们也同样的为别人所着想，那么我们的世界将是多么美好的一片景象。

忍不住要歌唱

佚 名

在一个春光明媚的早晨，有一只漂亮的鸟儿，站在摆动的树枝上放声歌唱，树林里到处回荡着它的甜美的歌声。一只田鼠正在树底下的草皮里掘洞，它把脑袋从草皮底下伸出来，大声喊道："鸟儿，闭上你的嘴，为什么要发出这种可怕的声音？"这只歌唱的鸟儿回答说："哦，先生，我总是忍不住要歌唱。你看，空气是多么新鲜；春天是多么美好；树叶绿得多么可爱；阳光是多么灿烂；世界是多么可爱；我的心中充满了甜蜜的歌儿，我无法不歌唱！"

"是吗？"田鼠睁大眼睛不解地问道，"这个世界美丽可爱吗？这根本不可能，你完全是胡扯！世界上的任何事情都是毫无意义的。我已经在这儿生活了这么多年，我了解得很清楚。我曾经从各个方向挖掘，我不停地挖啊挖啊，但是，我可以告诉你，我只发现了两样东西，也就是草根和蚯蚓。再没有发现过其他东西，真的，没有任何可爱的东西。"

快活的鸟儿反驳说："田鼠先生，你自己上来看看吧。从草皮底下爬上来，到阳光中来吧。你上来看看太阳、看看森林，看看这美丽可爱的世界。呼吸一下新鲜空气，你会忍不住流泪的。上来吧，让我们一起放声歌唱！"

心灵 寄语

　　其实在面对一切艰难困苦的时候，我们最需要的是一种平和、乐观的心态，有了它们我们会有更多的希望，世界的美好会让我们逐一发现。

最后的希望

沛 南

美国的海关里，有一批没收的自行车，在公告后决定拍卖。拍卖会中，每次叫价的时候，总有一个十岁出头的男孩儿喊价，他总是以 5 块钱开始出价，然后眼睁睁地看着脚踏车被别人用三十、四十元买去。拍卖暂停休息时，拍卖员问那小男孩儿为什么不出较高的价格来买。男孩儿说，他只有 5 块钱。

拍卖会又开始了，那男孩儿还是给每辆脚踏车相同的价钱，然后被别人用较高的价钱买去。后来聚集的观众开始注意到那个总是首先出价的男孩儿，他们也开始察觉到会有什么结果。直到最后一刻，拍卖会要结束了。这时，只剩一辆最棒的脚踏车，车身光亮如新，有多种排档、十段杆式变速器、双向手煞车、速度显示器和一套夜间电动灯光装置。

拍卖员问："有谁出价呢？"

这时，站在最前面，而几乎已经放弃希望的那个小男孩儿轻声地再说一次："5块钱。"

拍卖员停止唱价，只是停下来站在那里。

这时，所有在场的人全部盯住这位小男孩儿，没有人出声，没有人举手，也没有人喊价。直到拍卖员唱价三次后，他大声说："这辆脚踏车卖给这位穿短裤白球鞋的小伙子！"

此话一出，全场鼓掌。那小男孩儿拿出握在手中仅有的 5 块钱钞票，买了那辆毫无疑问是世上最漂亮的脚踏车时，他脸上流露出从未见过的灿烂笑容。

心灵 寄语

每当我们做事情的时候，我们会忽略很多东西，但我们不该忽略的是一种坚持。坚持会让我们继续前进，最终实现我们的盼望。

保护更弱小的人

语 梅

有一次，罗斯一家人在假日里到森林中去：父亲、母亲、五年级学生托利亚和 4 岁的罗斯。森林里是那么美好，那么欢快，孩子们的父母让他们看看盛开着铃兰花的林中旷地。

林中旷地附近长着一丛丛野蔷薇，第一朵花开放了，粉红粉红的，芬芳扑鼻。

全家人都坐在灌木附近。父亲在看一本有趣的书。突然雷声大作，飘下几滴雨点，接着大雨如注。

托利亚把自己的雨衣给了妈妈，虽然她并不怕淋雨；而妈妈却又把雨衣给托利亚，虽然妈妈也并不怕淋雨。

罗斯问道："妈，托利亚把自己的雨衣给您，您又把雨衣给托利亚，托利亚又把雨衣给我穿上，你们干吗这样做呢？"

"每个人都应该保护更弱小的人。"妈妈回答说。

"那么，我怎么保护不了任何人呢？"罗斯问道，"就是说，我是最弱小的人啰？"

"要是你谁也保护不了，那你真是最弱小的人！"妈妈笑着回答说。

他朝蔷薇丛走去，掀起雨衣的下部，盖在粉红的蔷薇花上。滂沱大雨已经冲掉了两片蔷薇花瓣，花儿低垂着头，因为它娇嫩纤弱，毫无自卫能力。

"现在我该不是最弱小的了，妈妈？"罗斯问道。

"是呀，现在你是强者，是勇敢的人啦！"妈妈这样回答他。

心灵寄语

面对危险很多人都会勇敢面对，但是我们想到的也许只是自己去面对，却未想过有一些人，他们没有更多的能力面对危险，这时我们能做的就是尽自己的努力去帮助他们。

松一松生命之钟的发条

廖仲毛

我第一次坐飞机的时候，已经三十多岁了。

这是人们常说的"爬坡"年龄，方方面面的压力都很大。那几年，为了提高效率，我一直在寻找最快捷的工作和生活方式，经常是人还在路上的时候，我就考虑到达时该做的工作和该说的话。尽管很多计划往往未能用上，但我总是这样的忙碌，我认为这样才有效率。直到有一天，也就是我坐上飞机的那一天，经历了让我感动的一幕，我才彻底改变了自己的生活方式。

那天，我急着要赶到另外一个城市去与一位抄袭过我多篇文章的年轻人对簿公堂。临走时，我因为妻子为我收拾行李时表现出的婆婆妈妈和拖拖拉拉而大发脾气，头也不回地拎着公务包下楼，与在楼下等我的律师上了一辆的士。到了机场时，又因为机场办理登机手续过慢，我差一点与机场的工作人员吵架。

当我和律师开始登机时，排在我前面的是一对七十多岁的老夫妻，他们行动迟缓，而我急于要坐下来，好跟律师商量一下法庭上可能用得上的辩词。如果不是律师安抚我，我差一点要抢在他们的前面去先找座位。终于这对老夫妇找到了位置，放妥了行李，双双坐定，我才得以通过。他们正好坐在我的前排。

半个小时后，我感到口渴，空姐开始给旅客送饮料。前面这对老夫妇点了饮料之后，老先生说他该吃药了，而药放在机舱行李柜内，于是他站起来，慢腾腾地在大包小包中翻找他的药片。好不容易找到了，又慢腾腾地将行李放好，就这样用掉了大约五六分钟，他才重新回到座位上。空姐分发饮料的工作在暂停了五六分钟之后，才又重新开始。

大家都有些不耐烦，听到大家的埋怨声，我更是气不打一处来，就在老先生刚刚坐下来时，我忍不住站起身来大喊一声："你们为什么老耽误大家的时间？"我的声音太大，老先生显然受到惊吓，惊慌之下他把自己小餐桌上的咖啡杯弄倒了，老先生的裤子湿了大半。空姐连忙给他递上餐巾纸，并向他道歉，还说照顾不周，请您原谅。

没想到老先生说："今天是我们结婚50周年纪念日，我们第一次坐飞机，我实在很抱歉，我们的行动慢，给大家造成不方便……"

整个机舱突然安静下来，大家都不说话了。

这时候，机上的另一位空姐拿来了香槟酒，说要请大家一道来庆祝老人的50周年结婚纪念日。人们开始鼓掌。在掌声和祝福声中，这对老人笑了，他们笑得很开心。而我却愧疚万分，连忙端起可乐杯，向两位老人赔礼道歉……

下了飞机，我立刻打开手机，给妻子打电话，向她道歉，说我不该在临出门时对她发脾气。而她却说，你平安着陆，就是对我最大的安慰。听到妻子这么说，我更是羞愧万分。我决定从此以后要放慢工作节奏，多拿出一些时间与她和孩子享受家庭欢乐，就像飞机上的那对老年夫妇那样，在生命的效率与效果之间，要果断地选择后者。

当天，我没有与那位因一念之差侵犯我著作权的年轻人走上法庭，而是在一间酒吧里与他达成谅解协议。

这次独特的空中旅行使我明白，生命之旅是有限的，我们不要过于看重结果，过程和细

节更值得珍惜。必要时，要学会松一松生命之钟的发条，让有限的生命有张有弛，活出精彩！

心灵寄语

　　人生如果忽略了自己拼命打拼的过程那是悲哀的，太注重结果的好与坏，我们就会不自觉地忽略了我们的过程。人生的结果都是一样的，我们的过程才是最重要的。

心态比环境重要

诗 槐

每天上午 11 时许，都有一辆耀眼的汽车穿过纽约市的中心公园，车里除了司机，还有一位主人——无人不晓的百万富翁。

百万富翁注意到：每天上午都有位衣着破烂的人坐在公园的凳子上死死地盯着他住的旅馆。一天，百万富翁对此发生了极大的兴趣，他要求司机停下车并径直走到那人的面前说："请原谅，我真不明白你为什么每天上午都盯着我住的旅馆看？"

"先生，"这人答道，"我没钱，没家，没住宅，我只得睡在这长凳上。不过，每天晚上我都梦到住进了那所旅馆。"

百万富翁灵机一动，扬扬自得地说："今晚你一定如愿以偿。我将为你在旅馆租一间最好的房间并付一个月房费。"

几天后，百万富翁路过这人的房间，想打听一下他是否对此感到满意。

然而，他出乎意料地发现这人已搬出了旅馆，重新回到了公园的凳子上。

当百万富翁问这人为什么要这样做时，他答道："一旦我睡在凳子上，我就梦见睡在那所豪华的旅馆真是妙不可言；一旦我睡在旅馆，我就梦见我又回到了

冷冰冰的凳子上，这梦真是可怕极了，以至完全影响了我的睡眠！"

心灵 寄语

　　人的一生要很多种东西，生命的价值却并不体现在这里。当我们遇到危机的时候，或者是我们遇到了前所未有的困难的时候，我们都不应该放弃自己，摆正心态来面对一切才是最重要的。

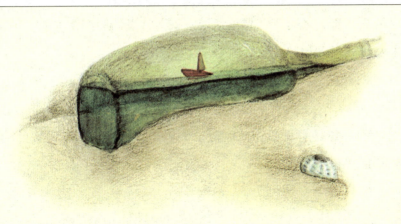

失望的时候不要放弃努力

佚 名

　　在学校里，所有教过他的老师都摇着头说他是自甘落后。作为老师的费里斯却知道他天性聪明，至少别的同学能学会的，他也能学会；但是他却拒绝努力，也不愿接受别人的帮助。对他鼓励也好，批评也好，他都无动于衷。

　　一天课后，费里斯找他谈话，告诉他："你这次考试又是一塌糊涂，你不给我留一点儿余地。看来，只能给你打不及格了。你有什么要说的吗？"

　　"没什么可说的。"他往椅子上一靠，脸上露出嘲笑的表情，无所谓地说。

　　他这么一说，费里斯失望之极，只好挥挥手，让他走。他转身迈着轻松的步伐，潇潇洒洒地出了办公室。

　　"天呀！这孩子怎么能这样？他难道就这样认定了自暴自弃吗？谁还能帮这个孩子一把？"费里斯不自觉地大声说了出来。费里斯两手抱着头，呆坐在办公桌前，连自己都没有意识到，竟泪水涟涟。

　　不知过了多久，费里斯觉得一只手放到了肩膀上。抬头一看，他回来了。"老师，我不知道还有人对我的事这么关心。"他说，脸上的嘲笑消失了，"如果我再试着努力一下，您能帮助我吗？"

"那你可一定要真正努力才行。"费里斯回答说，"我们俩都要加油。"

"那好吧，能从现在就开始吗？"

从那以后，他真的开始努力，各科作业都完成得很好，最后，他甚至成了班上最好的学生之一。

但是，收获最大的，还是费里斯。他懂得了失望是可以传染的，而它的治疗药——希望，有更强的感染力。

心灵寄语

希望是实现一切事情的原动力，失去了它，那我们就只剩下失望了，失望不会令一个人进步，反而会令其后退，生活中我们就该注意到这点，要一直努力，成功就不会遥远。

欢笑的动力

千　萍

有个小女孩儿到迪斯尼乐园游玩时，巧遇迪斯尼乐园的创办人沃尔特·迪斯尼，小女孩儿问道："那些可爱的卡通人物，都是你创造出来的吗？"

沃尔特·迪斯尼笑着回答："当然不是我，那是许多工作人员合作创造出来的！"

小女孩儿又问："那这些有趣的故事情节是你写出来的吗？"

沃尔特·迪斯尼还是笑着回答："当然不是，那是聪明的制作人员绞尽脑汁想出来的啊！"

小女孩儿看着眼前这位和蔼的老头，继续问："那你在这里做什么？"

沃尔特·迪斯尼大笑说："我就像小蜜蜂四处采集花蜜一样，到处搜集一些好笑的事情，来给这些工作人员和制作人员，作为参考的素材呀！"

沃尔特·迪斯尼小的时候，很喜欢阅读笑话，他时常试着把看来或听到的笑话，写在小纸片上，和同学朋友分享。

同样，沃尔特·迪斯尼也会将这些写在小纸片上的笑话，拿给爸爸妈妈看，希望能博得他们的一笑。往往当小沃尔特把笑话拿给妈妈看时，妈妈总是会笑不

可抑地称赞他写得非常好。

　　而当小沃尔特把他所写的笑话拿给严肃的爸爸看时，爸爸总是板着脸，摇头训诫他，说："这一点儿也不好笑！"

　　满怀希望的小沃尔特，每逢遇上父亲大桶浇下的冷水，总会觉得十分沮丧。幸而妈妈在一旁，总会鼓励他，告诉小沃尔特，只要再做小部分的修改，或者换几个词儿，就能更好。

　　经过妈妈的激励，小沃尔特便更用心地改良他的笑话，甚至于再搜集更多的笑话，一直到严肃的爸爸看了他的笑话卡片，露出满意的笑容为止。

　　沃尔特·迪斯尼将父亲给他的挫折，化作自己成长的踏脚石；他从幼年便懂得藐视自己所受的沮丧，而致力于将快乐带给周遭所有的人们。经过岁月的验证，沃尔特·迪斯尼真的办到了，他带给全球的小朋友无限的欢乐与梦想。

　　尝试带给人欢乐，你将发现自己根本没有所谓"低潮"的存在。在你创造的快乐中，你会更加快乐，生活就是如此美妙。

心灵寄语

　　其实，快乐的主动权在于你的那颗搏动不息的心，心能让你难也能让你易，你的心掌握着你的快乐尺度。保持心的纯洁与明净，常常清洗心灵上的尘埃，快乐才会洁净。我们还应该像一台燃烧欢乐的机器，不仅自身散发着生命热能，而且还把温暖输送到人间。

萝卜、鸡蛋和咖啡

雨　蝶

一个女儿对她的父亲抱怨，说她的生命是如何如何痛苦、无助，她是多么想要健康地走下去，但是她已失去方向，整个人惶惶然然，只想放弃。她已厌烦了抗拒、挣扎，但是问题似乎一个接着一个，让她毫无招架之力。

父亲什么也没说，拉起心爱的女儿的手走向厨房。他烧了三锅水，当水滚了之后，他在第一个锅里放进萝卜，第二个锅里放了一个鸡蛋，第三个锅里放了咖啡。女儿不解地望着父亲，而父亲只是温柔地握着她的手，示意她不要说话，静静地看着滚烫的水中煮着的萝卜、鸡蛋和咖啡。

一段时间过后，父亲把锅里的萝卜、鸡蛋捞出放进碗中，把咖啡滤过倒进杯子，问女儿："你看到了什么？"

女儿说："萝卜、鸡蛋和咖啡。"

父亲让女儿摸摸经过沸水烧煮的萝卜，萝卜已被煮得又软又烂；他又要女儿拿起那个鸡蛋，敲碎薄硬的蛋壳；然后，他要女儿尝尝咖啡，女儿喝了一口咖啡，闻到浓浓的香味儿。

女儿问父亲："您这样做是什么意思呢？"

父亲解释道："这三样东西面对相同的逆境，也就是滚滚的水，反应却各不相同，原本粗硬、坚实的萝卜，在滚水中却变软变烂了；这个蛋原本非常脆弱，薄硬的外壳起初保护了里面的液体，但是经过沸水的烧煮后，蛋壳内却变硬了；而粉末似的咖啡却很特别，它改变了煮它的沸水。我的女儿，你愿意做哪个呢？"

心灵寄语

在面对同样的困难的时候，我们每个人的解决方式都不一样，有的人会懦弱地面对，而有的人会坚强地应对，但是有更值得我们学习的就是改变困难，这就犹如咖啡改变水一样。

幸福是一种感觉

晓 雪

一位迟暮之年的富翁，在冬日的暖阳中到海边散步时看到一个渔夫在晒太阳，就问道：

"你为什么不打鱼呢？"

"打鱼干什么？"渔夫反问。

"挣钱买大渔船呀！"

"买大渔船干什么？"

"打很多鱼，你就会成为富翁了。"

"成了富翁又怎么样？"

"你就不用打鱼了，可以幸福自在地晒太阳啦。"

"我不正在晒太阳吗！"

富翁哑然。

其实生活中我们很容易就会被外表的假象所蒙蔽，有的时候在自认为不错的时候可能一位很有才能的人就在自己身边。

失败的成功

　　失败乃成功之母的理论是值得我们深思的，其实做事情只有两个结果，除了失败就是成功，失败的时候我们更应该想到的是从这次经验中获得下一次的成功。

当你感到痛苦的时候

忆 莲

有一个师傅对于徒弟不停地抱怨这抱怨那感到非常厌烦。于是，有一天早晨，他派徒弟去取一些盐回来。

当徒弟很不情愿地把盐取回来后，师傅让徒弟把盐倒进水杯里，然后喝下去，并问他味道如何。

徒弟吐了出来，说："很苦。"

师傅笑着让徒弟带着一些盐，跟着他一起去湖边。

他们一路上没有说话。

来到湖边后，师傅让徒弟把盐撒进湖水里，然后对徒弟说："现在你喝点儿湖水。"

徒弟喝了口湖水。师傅问："有什么味道？"

徒弟回答："很清凉。"

师傅问："尝到咸味了吗？"

徒弟说："没有。"

然后，师傅坐在这个总爱怨天尤人的徒弟身边，握着他的手说："人生的痛苦如同这些盐，有一定的数量，既不会多也不会少。我们承受痛苦的容积的大小决定痛苦的程度。所以，当你感到痛苦的时候，就把你承受的容积放大些，不是一杯水，而是一个湖。"

心灵 寄语

　　困难的大小不在于其本身，而在于我们对待它的态度，一个可以把困难化解成最小的人是值得人们尊敬的，因为他有一个解决问题的心灵。

每天做好一件事

雁 丹

有一位画家，举办过十几次个人展，参加过上百次画展。无论参观者多与否，有没有获奖，他的脸上总是挂着开心的微笑。

在一次朋友聚会上，一位记者问他："你为什么每天都这么开心呢？"

他微笑着反问记者："我为什么要不开心呢？"

尔后，他讲了他儿时经历过的一件事情：

我小的时候，兴趣非常广泛，也很要强。画画、拉手风琴、游泳、打篮球，样样都学，还必须都得第一才行。这当然是不可能的。于是，我闷闷不乐，心灰意冷，学习成绩一落千丈。有一次我的期中考试成绩竟排到全班的最后几名。

父亲知道后，并没有责骂我。晚饭之后，父亲找来一个小漏斗和一捧玉米种子，放在桌子上，告诉我说："今晚，我想给你做一个试验。"父亲让我双手放在漏斗下面接着，然后捡起一粒种子投到漏斗里面，种子便顺着漏斗漏到了我的手里。父亲投了十几次，我的手中也就有了十几粒种子。然后，父亲一次抓起满满一把玉米粒放到漏斗里面，玉米粒相互挤着，竟一粒也没有掉下来。父亲意味深长地对我说："这个漏斗代表你，假如你每天都能做好一件事，每天你就会有一粒种子的收获和快乐。可是，当你想把所有的事情都挤到一起来做，反而连一粒种子也收获不到了。"

二十多年过去了，我一直铭记着父亲的教诲："每天做好一件事，坦然微笑地面对生活。"

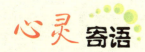

从小事做起的理论是一直适用的，犹如不积跬步无以至千里，不积小流无以成江海的道理。一些小的细节的积累，最终成就的是一个人的梦想与抱负。

担 忧

采 青

朋友有孕在身时，新房墙上，油画换成了俊男美女，天天对着"胎教"，希望宝宝生来就是闭月羞花。

产期临近，大夫说脐带缠脖，于是又想只要健康就好，长得再丑也无所谓。一直祈祷，直到听见一声响亮的哭——是个健康的男孩儿。

天天对着看，想象着某一天俊朗挺拔的他带着博士帽的样子。不到三个月，一个不小心，孩子从床上掉下来，抱去医院路上，当妈的哭个不停，心想千万不要摔坏了头，真要是摔傻了可怎么办。医生看完说没什么大事，不会影响到智力，当妈的又怯怯地问：额头的那一块儿会不会留疤？

孩子10岁，天天被妈妈领着去这个班那个班，当妈的也不断地跟这个比跟那个比，每逢知道孩子的考试成绩总是忍不住感慨一番。孩子突然不明原因发病，检查室外的母亲流着泪祷告：哪怕学习不好，只要他没病就好，病好后我再也不那么逼他了。结果只是虚惊，过一段后，孩子还是像以往那样被逼着到处求学。

大概很多人都是如此，还有退路的时候，就忘了曾经在绝望时许下的心愿。爱情也大抵如此。爱着一个人，开始觉得能爱便是幸福，如果恰好对方也有爱，那便是天下最完美的事；两情相悦后，觉得世上处处都是美丽，但日久便想有爱情的日子面包也要多一些；在有了足够面包的日子，无论是这一方或是那一方，都可能再有别的要求。

其实每一个人都在找一个心目中的完美，当不能实现时，退而求其次，再退而求其次，没办法就渐渐地去接受甚至喜欢这个退求来的。

在生活中我们似乎总是在追求完美，完美这个词或许在人生之中并不存在，于是我们学会了适应一切，这一切就是文中所说的退而求其次的"次"，但我们一样可以是生活得如此的开心快乐。

失败的成功

佚 名

　　爱迪生在研究用什么做灯丝的时候，先后做了一千二百多次的试验，但每一次试验，他都失败了。他厚厚的试验记录本上，记录着他的每一次失败。

　　但爱迪生没有气馁，他平静地继续坐在自己的实验室里一次又一次地做试验。

　　爱迪生的一位朋友找到爱迪生，劝他说："别再做什么灯泡了，黑夜就是黑夜，我绝不相信夜晚能有另一种太阳。"

　　爱迪生微笑着说："但我相信。"

　　"你还相信？"朋友很惊讶地说："你做了这么多试验，可你找到黑夜里的那个太阳了吗？你还不是每一次都失败了。"

　　"失败？"爱迪生笑了。他摇着头微笑说："我什么时候失败过了呢？"

　　朋友抱起爱迪生厚厚的试验记录本说："这上面不是明明白白都记录着你的每一次失败吗？"朋友又问爱迪生说，"你失败过多少次了？"

　　爱迪生说："不，是试验多少次了。"

　　那个朋友说："对对，你到目前为止，试验多少次了？"爱迪生说："已经试验了一千二百次了。"

"一千二百次了，"朋友得意地哈哈大笑说，"可您用来照亮夜晚的那个太阳呢？没有那个夜晚的太阳，难道说你不是已经失败够一千二百次了吗？怎么还能说自己没有失败过呢？"

爱迪生说："试验了一千二百次，虽说我还没有找到那个夜晚的太阳，但通过这些试验，我已经成功地知道了这一千二百种材料不适宜做灯丝，你说我是失败了，还是成功了？"

爱迪生是失败了，还是成功了？

其实，失败和成功都没有什么绝对的区别，只在于你怎么去对待它。在一个平凡者的眼里，没有达到预期的目的，便是失败；但在一个巨人的眼里，没有达到预期目的也是一种成功，它至少是证明了一种方法或方式不能通达的成功。

心灵 寄语

失败乃成功之母的理论是值得我们深思的，其实做事情只有两个结果，除了失败就是成功，失败的时候我们更应该想到的是从这次经验中获得下一次的成功。

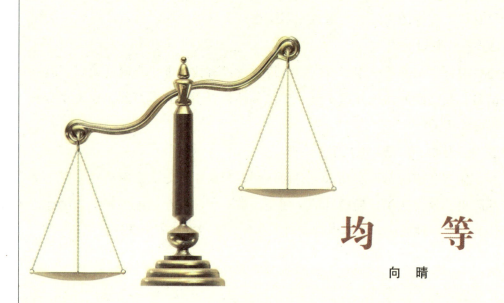

均　　等

向　晴

　　从前，有个人得了重病，自知将不久于人世，便将两个儿子唤到床前，谆谆告诫他们："我死之后，你们兄弟两人一定要妥善地分配财物，可不要因此起纠纷哪！"

　　兄弟两人满口答应一定遵守父亲的遗嘱，在父亲死后把家财均分为两份。

　　可当他们两人分配财产时，哥哥却说弟弟分财不均，兄弟两人最终还是发生了争执。

　　这时，有位自以为很聪明的老者，听说兄弟两人因分家财而起争执，便来指教他们。

　　他对兄弟两说："我教你们一个最最公平的办法，保证你们不再有意见。听我的，现在你们将所有的钱财物品都破作两份，这样就绝对平等了。"

　　兄弟俩一时还不太明白，老者又举例说："比如衣裳，从中间撕开；瓶盘器物破成两半；钱币也割成两半。如此，就能做到绝对的平均分配。"

　　兄弟俩虽然觉得这个方法并非上策，但为了平分财物，就听从了老者的建议。

　　结果，家中的一切物品全被破为两半，兄弟俩绝对平均地分了家产。可是，他们俩各自到手的却是一堆实实在在的破烂。

　　如此分家，世间少见，这也成了人们一直传说的笑话。

心灵 寄语

　　有的时候追求平等并不是从物质角度来讲的，更多的应该是从心里所表现的，文中的兄弟得不偿失，而在生活中我们又有多少人和他们一样呢？！

解　脱

佚　名

在一个深山老林里，有两座相距不远的寺庙。甲庙的和尚经常吵架，人人戒备森严，生活痛苦；乙庙的和尚一团和气，个个笑容满面，生活快乐。

甲庙的住持看到乙庙的和尚们天天和睦相处，相安无事，心里非常羡慕，但又不知其中的奥妙所在。于是，有一天他特地来到乙庙，向一位小和尚讨教秘方。

住持问："你们有什么好方法使庙里一直保持和谐愉快的气氛呢？"

小和尚不假思索地回答道："因为我们经常做错事。"

正当甲庙住持感到疑惑不解之时，忽见一和尚匆匆从外面回来，走进大厅时不慎摔了一跤。这时，正在拖地的和尚立刻跑过来，一边扶他一边道歉："真对不起，都是我的错，把地拖得太湿，让你摔着了。"

站在大门口的和尚见状也跟着跑过来说："不，都是我的错，没有提醒你大厅里正在拖地，该小心点儿。"

摔跤的和尚没有半句怨言，只是自责地说："不，不，是我的错，都怪我自己太不小心了。"

甲庙住持看了这精彩的一幕，恍然大悟。终于明白了乙庙和尚和睦相处的奥妙所在。

心灵 寄语

　　做错事情其实并不要紧，重要的是做错事情了要从自身找原因，而不是推卸责任，不把错误推到别人身上，自己勇于承担，这才是生活和谐的必要条件。

这也会过去

慕 茵

　　古希腊有一位国王，拥有至高无上的权势、享用不尽的荣华富贵，但他并不快乐。他可以主宰自己的臣民，却难以操控自己的情绪，种种莫名其妙的焦虑和忧郁不时让他闷闷不乐、寝食难安。于是，他召来了当时最负盛名的智者苏菲，要求他找出一句人间最有哲理的箴言，而且这句浓缩了人生智慧的话必须有一语惊心之效，能让人胜不骄、败不馁，得意而不忘形、失意而不伤神，始终保持一颗平常心。苏菲答应了国王，条件是国王将佩戴的那枚戒指交给他。

　　几天后，苏菲将戒指还给了国王，并再三劝告他：不到万不得已，别轻易取出戒指上镶嵌的宝石，否则，它就不灵验了。没过多久，邻国大举入侵，国王率部拼死抵抗，但最终整个城邦还是沦陷于敌手。于是，国王四处亡命。有一天，为逃避敌兵的搜捕，他藏身在河边的茅草丛中，当他掬水解渴，猛然看到自己的倒影时，不禁伤心欲绝——谁能相信如今这个蓬头垢面、衣衫褴褛的人，就是那个曾经气宇轩昂、威风凛凛的国王呢？就在他双手掩面欲投河轻生之际，他想到了戒指。他急切地抠下了上面的宝石，只见宝石里侧镌刻着一句话——这也会过去！顿时，国王的心头重新燃起希望的火花。从此，他忍辱负重、卧薪尝胆，重招旧部并东山再起，最终赶走了外敌，赢回了王国。而当他再一次返回王宫后，所做的第一件事便是将"这也会过去"这句五字箴言，镌刻在象征王位的宝座上。

后来，他被誉为最有智慧的国王而名垂青史。据说，在临终之际，他特意留下遗嘱：死后，双手空空地露出灵柩之外，以此向世人昭示那句五字箴言。

心灵 寄语

其实人的生活方向就是一个信念所驱使的，只要我们的信念坚定不移，那么再大的困难我们都会迎刃而解，信念驱使着一切。

一片
秋叶的完美谢幕

佚 名

"秋风起兮白云飞，草木落兮雁南归。"

当青葱的旅程结束，北方的森林中，树叶开始浩浩荡荡、悲悲壮壮地向季节告别。它们相约着擦脂抹粉，然后安静地躺进尘土。

唯有一片叶子不肯轻易就范。

它高高飞腾起来，冲出黄叶的涡流，像鼓动翅膀的鸟儿，努力爬到半空中。尽管风特别猛烈，被摇撼得翻腾旋转，甚至几次差一点儿倒栽葱，但还是御风飞翔。啊，天空多么近呀！曾经，它稳稳地伫立枝头，眺望过神秘的天空，在那些美妙的夜晚，无穷无尽的幻想总是抛向穹隆。现在，只要再爬升一点点，就能捕捉到闪烁的星星了。

风，突然歇了口气。不言而喻，那片做梦的叶子急转直下，一头扎进泥土。

它紧紧护住跌疼的梦，不肯服输。等又一阵风撩起来的时候，再次划动臂膀，竭尽全力起飞。秋风凛凛，如一把无情刀，顷刻间将叶片剪得残缺。它，成为一片丢盔卸甲的叶子，狼狈地掀翻在泥土里。坠落大地那一刻，它愈发拼命，祈祷风再给一次机会。可是，它再也不能，再也不能飞啦！

等秋风完全歇息的时候，嘲笑来自四面八方。逞能者总是要被奚落的，不管是一片叶子，还是一个人。

这片叶子没有沮丧和懊悔。它支离破碎的脸上浮现出满足的笑容：我已经飞得最高，试穿过云锦霓裳，横渡过山川幽谷，尤其向天幕上的星星招过手臂，这些是一棵树永远不能赐予我的，是我自己努力获得的结果。

结局谁都无法避免，无论喜剧或悲剧。但是，我们完全可以在落幕之前拼一次啊，测量无限情思神往的地方，到底有多高，到底有多远；验证连奢望都不敢触碰的事情，到底发生了多少。你说，这样的结局难道不算一个奇迹？在无法挣脱的命运里，我们以自己的情节演出到最后，算不算完美地谢幕呢？

心灵寄语

预知前途的光明，而不断与困难作战，不断迈向成功，是一种昂扬的美感；预知命运的悲惨归宿，而不断与宿命斗争，不断挣扎，追求更多的可能性，是一种悲壮的凄酸。虽然知道结局的死寂，却不妥协认命，抓住每一次风力，放飞每一次理想，这是一片值得尊敬的树叶，也是一份值得尊敬的人生。

笑是最短的距离

宛 彤

2004年年末的一天清晨，在美国底特律的街头，一辆鸣着警笛的警车疾驶着在追赶一辆慌不择路的白色面包车。面包车上，一个持枪男子疯狂地踩着油门夺路而逃。他叫道格拉斯·安德鲁，曾经是一位职业拳击手。就在二十分钟前，穷困潦倒的他持枪抢劫了一个刚从银行提款出来的妇女。他之所以铤而走险，是因为孤独的他太需要钱了，他觉得只有钱才能给他的心灵带来温暖，改变他的生活现状和命运。

在他实施抢劫后，接到报警的巡警在第一时间锁定了这辆面包车，并展开追捕。安德鲁驾驶着面包车在人潮汹涌的大街上像没头苍蝇一样疾驰，最后他被逼进一个居民区里，走投无路的他拎着巨款躲进一幢居民楼里。

他气喘吁吁地跑上楼，发现了一扇虚掩着的门，便闯了进去。首先映入眼帘的是一个身材颀长的女孩儿正背对着他坐在窗前插花。他将黑洞洞的枪口对准了女孩儿，要是她胆敢呼救或反抗的话，他就会毫不犹豫地扣动扳机。

女孩儿显然被他的声音惊扰了。"欢迎你，你是今天第一个来参观我插花艺术的人。"女孩儿说着转过身来，笑靥如花。

安德鲁惊呆了，放在扳机上的手指下意识地松弛下来，因为呈现在眼前的是一张阳光般灿烂的笑脸，而且她竟是一个盲人！她并没有意识到，此刻她所面对的是一个走投无路穷凶极恶的持枪歹徒，所以她的笑依然是那么甜美，在那些美丽鲜花的映衬下更显得楚楚动人。

　　"你一定是从电视上看到关于我的报道，才赶来看我插花的吧？"就在他发愣的当口儿，女孩儿幸福而自豪地笑着说，"没想到，在我即将离开这个世界的时候，大家都这么关心我，这几天前来看我的市民络绎不绝，都说是我对生活的热爱给了他们生活下去的勇气呢！"

　　女孩儿咯咯地笑了起来，她的天真以及对一个闯入者的毫不设防让他的情绪渐渐平稳下来。他竟真的按着女孩儿的指引，开始欣赏女孩儿的那些插花了。红的玫瑰、白的百合、黄的郁金香在窗台上展示着不可抗拒的美丽。安德鲁突然对这个女孩儿产生了好奇："你刚才说你即将离开这个世界？"

　　"是呀，难道你不知道？我有先天性心脏病，医生说我最多只能活到19岁。还有几天就是我18岁生日了。"

　　"我为你感到遗憾，也许你现在和我一样最缺的就是钱了，要是能有更多的钱也许你会很快乐地生活下去！"联想起自己的困窘生活，安德鲁苦涩地笑笑。

　　女孩儿微笑着对他说："你说错了，即使有再多的钱也治不好我的病。我现在虽然没有钱，但我感受到了活着的快乐，我反而为那些用自己的生命换取金钱的人感到悲哀！因为他们并不知道，快乐与否跟金钱无关。"

　　女孩儿的话一下子在安德鲁的心灵深处掀起了一股风暴！此时此刻的自己，不正是在用自己的生命换取金钱吗？

　　赶来增援的警察已经将这个居民区包围得水泄不通，他们并不知道此时在这间屋子里发生的一切。前来搜捕的脚步声越来越近。

　　"你的插花真美，就像你的微笑那样让人着迷。我要去上班了，再见！"说着，安德鲁拿起一束花叼在嘴里，然后轻轻关上门，走出了她的家。

　　荷枪实弹的警察没费一枪一弹就抓获了安德鲁。警察在给他戴手铐的时候，他只说了一句话："请不要惊动那个女孩儿，更不要告诉她刚才发生的一切，好吗？"

　　第二天，一个人嘴里衔着一束花，高举双手向警方投降的图片在当地媒体登载出来。我是在一家网站上看到这张照片和相关报道的。也是在那个时候，我知

道了女孩儿的名字叫凯瑟琳，一个身患重症但热爱生命的美国女孩儿。也许她到现在也不知道，在那个平凡的清晨发生了怎样一件震撼人心的事。坐在电脑前，我在思考到底是什么力量让穷凶极恶的歹徒放弃抵抗而得到人性的回归的，是凯瑟琳推心置腹的话语，还是安德鲁突然产生的对生命的不舍和渴望？

　　就在我为这个问题困惑时，一周后我又在同一家网站看到了美国当地媒体对这一事件的后续报道，报道中引述了劫匪安德鲁一番发自肺腑的话："我最应该感谢的是凯瑟琳的微笑，如果没有她那粲然一笑，根本就没有使我俩活下来的机会。她会死在我的枪口之下，而我则会在负隅顽抗中死于乱枪之下！是她的笑救了她自己，也救了我……虽然她是一个盲人，但她显然懂得微笑对一个人的伟大意义。在此之前，要是人们对我少一些冷漠，多一些微笑，也许我就不会在茫茫人海中迷失自己，从而做出铤而走险的事来。微笑是两人间最短的距离，这是我用即将到来的十年牢狱之灾换来的最为深刻的人生感悟……"

心灵寄语

　　生活需要微笑，每个人都应该拥有一个积极乐观的心态，让自己的脸上挂着美丽的笑容，这不仅会让自己快乐，更会感染你身边的每一个人。

善恶一念间

冷 柏

他和她从小生活在一个胡同里，他是男孩儿，调皮捣蛋，爱逃课，免不了被老师罚站，让爸爸打屁股；她却文静聪慧，懂事，功课又好，老师和街坊都很喜欢她。可是，那么调皮的他，一看见她就会安静下来，眼睛里闪过一种不易察觉的自卑。

有一次，他逃课挨爸爸打，就在院门口，屁股被打得出响，倔强的他就是不服软，急得奶奶在一旁喊："别打了，快把孩子打死了。"转过来又求孙子："傻孩子，你快求饶吧。"可他就像没听见，紧咬牙关忍着。后来，他对奶奶说，是因为她在不远处看着呢。有一天，奶奶和她的妈妈一起乘凉，顺口说了这事，于是她也知道了，并且记在了心里。

不久，又不知闯了什么祸，爸爸当着满街的人揍他，谁也拉不开，他还是照样硬扛。忽然，她拨开人群，站到他面前，说："你傻呀你，快给叔叔认个错！"话里都带了哭腔。就这一句话，他的眼泪"唰"地流了一脸。"扑通"跪在爸爸跟前。

长大后各自有了自己的生活，她上完大学，又回到了这个城市。他呢，到底

是不成才，打过短工，做过生意，都失败了，后来误入歧途，和人去贩毒。在一次抓捕中，他被警察围在家里，但他身上有炸药，谁也不敢靠近。年迈的奶奶知道孙子的性格，情急中竟想起了她。她听说后，急急地跑到现场，冲着屋里喊了一声："是我，你真傻呀，你还多年轻啊！"

奇迹真的出现了，他走出屋子，卸下炸药，从容地伸出双手，让警察戴上了手铐。

这是个真实的故事，是一位警察讲给我的。他说，真奇怪了，那男孩儿就像疯了一样，怎么喊话、攻心也不奏效，谁能想到，她一句话就让他软了下来。我们都以为他俩之间有故事呢，可后来的调查证明，他俩从小到大在感情上根本就没发生过什么。

望着他疑惑的表情，我也给他讲了一个故事：有一位医生，热恋一个女孩儿，但后来女孩儿不爱他了，本来应该好聚好散，可他不甘心，百般纠缠，女孩儿被迫和他翻了脸。他情绪消沉，工作一塌糊涂，领导警告他，这样下去他只有下岗。他把这些都迁怒于女孩儿的背叛。

这天他正值夜班，急诊送来一位急性阑尾炎患者，必须立即手术，看到病历上的名字，他做梦也没想到，竟然会是她！

心里的怨气陡然涌起。他看过一篇报道，有个医生给女患者做阑尾炎手术时，因和女患者有前嫌，竟给她做了结扎手术，致使她终身不育。想到这，他心里也有了恶念。

当她被推进手术室时，他看到她的眼睛，那是一双熟悉的，但却无助的眼睛，他的心忽然疼了一下。想起最爱的时候，她曾天真地说："你治好过那么多病人，什么时候也给我瞧瞧病啊？"他说："别瞎说，哪有咒自己生病的？"可是她说，真的想病一次，哪怕是发一次烧也行。他何尝没想过，假如她真的病了，他将会怎样对她细心地治疗，百般地呵护。

如今她真的病了，却只能是他的病人，而不是恋人。不知她是否认出了他，因为他戴着巨大的口罩，但她的眼睛里明显流露出感激和求助。瞬间，有一种深埋心底已久的柔情，把他陡生的恶意冲洗得了无痕迹。

那次手术，虽然是个小手术，但他做得非常成功。手术后，他辞职了。他对院长说，已经没有人能帮他做一名好医生。

其实，每个人的情感世界里都有一个柔软的部分，无论岁月沧桑，无论物是人非，触及它的时候，都有一种撕心裂肺的疼，疼得必须撒手丢掉心中的恶和恨。

心灵 寄语

善良与邪恶往往都会因为一件小的事情而有很大的区别，就像文中的两个主人公，都被曾经的一些善良的人或事所感动，选择了一个正确的方向。那是永远都难以深埋的一种情感。

捕捉幸福

凝　丝

　　今天光线出奇的好。收拾房间时，我看到了久违的莱卡M7。上次拿起它还是在第三个孩子出世之前——那时我是《居室与庭院》杂志的专职摄影师。为了照顾儿子和双胞胎女儿，我请了一年的长假，所以我现在是幼儿园主任、24小时清洁工、全职厨娘。虽然手头有一大堆事情要做，但这部落满灰尘的手动相机激起了我的创作欲。离圣诞节还有两个月，为什么不给孩子们拍张生活照，印在贺年卡上，寄给亲戚朋友和杂志社的同事们呢？

　　事不宜迟，我给孩子们换上一整套节日服装。孪生女儿两岁，小儿子六个月，给他们换衣服本身就是项不小的工程。更糟糕的是，他们的打算跟我的完全不同。我希望他们：①坐好；②微笑；③睁眼；④不流口水；⑤不吃手指，同时满足以上五条要求。而女儿们的计划是：流口水、跑、蹦、跳、掐住弟弟的脖子。偶尔她们也会安静两秒钟，用或愤怒，或痴呆，或忧郁的眼神盯着镜头，一丝笑容也没有。即使为脾气最古怪的明星拍照，也没这么麻烦过！不一会儿，我就觉得筋疲力尽了。

　　户外阳光明媚，天气温暖，地上铺满橘红色的落叶。我决定改拍外景了。或许小冤家们会被秋日的美景吸引住，我就可以趁机抓拍下完美的照片，皆大欢喜。

他们的确被吸引了。小儿子以为自己是只大号垃圾袋，正在以惊人的速度往嘴里塞着落叶。女儿们开始像真空自由离子那样狂舞。

我知道，此时最明智的选择是把莱卡M7物归原处，放弃捕捉完美镜头的打算。

但对我来说，今天不仅仅是拍圣诞卡照片那么简单。我曾经是个成绩斐然的摄影师，但半年来，为了照顾孩子，我远离了工作、同事、好友。

这张照片是发给世界的证明书，证明我是个成功的母亲，证明我休长假的选择是正确的。

我在心里想象着完美的照片：孩子们打扮得整齐漂亮、脸上带着自然的笑容、眼神透出机智聪敏。对，我要让别人都看到我的幸福与骄傲。

想到这里，我血压升高，斗志昂扬，一场痛苦惨烈的战斗打响了。我劝说、我引诱、我命令、我威胁，但全都没用。

胶卷每缩一格，我的绝望也加深一层。难道他们就不能按我的意图做一次吗？我彻底绝望了。上帝，请赐予我两秒钟的奇迹吧！我只要一张照片，一个能展示幸福生活的镜头。

就在这时，上帝显灵了。三个活宝同时定格，转头，微笑。人物表情、构图、光线、色彩都完美无缺。取景框里的画面是我一生中最完美的作品。屏住呼吸，深深按下快门，我感到无比激动自豪。指尖随按钮下沉，停住……怎么没变化？没有快门关闭的轻响，没有按钮弹起的快感——相机里没有胶卷了！我错过了这辈子最完美的照片！

仿佛电影中的特殊效果，一切进入静音慢镜头，我慢慢地放下相机，静静地坐在10月午后金色的阳光里，看着小家伙们尽情品尝大自然的乐趣。他们沉浸在自己的世界里，根本不在乎别人怎么看：衣服是否整洁，姿态是否雅观。他们奔跑、追逐、旋转、大捧大捧地挥洒着红叶。他们在享受生活，而不是要征服它，控制它，或是证明它。

紧张了一整天的精神突然放松了，我突然

发现眼前的一切是多么完美。幸福根本不能用人造的机械定格，也无需用底片来证明，更不必向任何人展示。从那一刻起，我不再是捕捉幸福的摄影师，而是一个沉浸在幸福中的母亲。我没有拍到圣诞卡照片，却发现了世间最美好的画面。

心灵寄语

　　"生活中不是缺少美，而是缺少发现美的眼睛"，生活中的美是需要我们用心来体会的，而不是机械的就能感觉到的，其实我们的身边充满了美好和幸福，让我们将幸福一直延续下去。

让心灵先到

一个人的目标是很重要的，可以让我们坚定信念，而其他的只是靠我们的资质与努力就可以一步步实现理想，其实理想与现实差距是不远的。

爬楼梯的人生哲学

碧 巧

　　有一对兄弟，他们的家住在80层楼上。有一天他们外出旅行回家，发现大楼停电了！虽然他们背着大包的行李，但看来没有什么别的选择，于是哥哥对弟弟说："我们就爬楼梯上去！"于是，他们背着两大包行李开始爬楼梯。爬到20楼的时候他们开始累了，哥哥说："背包太重了，不如这样吧，我们把包放在这里，等来电后坐电梯来拿。"于是，他们把行李放在了20楼，轻松多了，继续向上爬。

　　他们有说有笑地往上爬，但是好景不长，到了40楼，两人实在累了。想到才只爬了一半，两人开始互相埋怨，指责对方不注意大楼的停电公告，才会落得如此下场。他们边吵边爬，就这样一路爬到了60楼。到了60楼，他们累得连吵架的力气也没有了。弟弟对哥哥说："我们不要吵了，爬完它吧。"于是他们默默地继续爬楼，终于80楼到了！兴奋地来到家门口，兄弟俩才发现他们的钥匙留在了20楼的背包里了……

　　有人说，这个故事其实就是反映了我们的人生：20岁之前，我们活在家人、老师的期望之下，背负着很多的压力、包袱，自己也不够成熟、能力不足，因此步履难免不稳。20岁之后，离开了众人的压力，卸下了包袱，开始全力以赴地追求自己的梦想，就这样愉快地过了20年。可是到了40岁，发现青春已逝，不免产生许多的遗憾和追悔，于是开始遗憾这个、惋惜那个、抱怨这个、嫉恨那个……就这样在抱怨中度过了20年。到了60岁，发现人生已所剩不多，于是告诉自己不要再抱怨了，就珍惜剩下的日子吧！于是默默地走完了自己的余年。到了生命的尽头，才想起自己好像有什么事情没有完成……原来，我们所有的梦想都留在了20岁的青春岁月，还没有来得及完成……

心灵 寄语

生命是一个过程，每一个过程都有心中想的事情，而在这个过程中我们大多数人都在重复着其他人做过的事情，但是我们不该忘记的就是一定要承载着自己的梦想勇敢前进，不论有多么艰辛！

压 力

佚 名

　　讲师拿起一杯水，然后问大家："各位认为这杯水有多重？"有人说200克，也有人说300克。"是的，它只有200克——那么，你们可以将这杯水端在手中多久？"讲师又问。很多人都笑了：200克而已，拿多久又能怎么样！

　　讲师没有笑，他接着说："拿一分钟，各位一定觉得没问题；拿一个小时，可能觉得手酸；拿一天呢？一个星期呢？那可能得叫救护车了。"大家又笑了，不过这回是赞同的笑。

　　讲师继续说道："其实这杯水的重量是不变的，但是你拿得越久，就觉得越沉重。这就像我们承担着压力一样，如果我们一直把压力放在身上，不管压力是否很重，时间长了就会觉得越来越沉重而无法承担。我们必须做的是放下这杯水，休息一下后再拿起，如此我们才能拿得更久。所以，我们所承担的压力应该在适当的时候放下，好好地休息一下，然后再重新拿起来，如此才可承担更久。"

心灵 寄语

　　所谓的压力，可以转化成一种动力，就好似一杯水，其实并不重，但是如果总是放不下，那么最终导致的是这个杯子掉在地上永远都回不来，我们何不放一放，转化成要桌子或其他的工具来承担它呢？

让心灵先到

芷 安

　　美国西部的一个乡村，有一位清贫的农家少年。每当闲暇的时间，他总要拿出祖父在他 8 岁那年送他的生日礼物——一幅已被摩挲得卷边的世界地图。他年轻的目光一遍遍浏览着地图上标注的城市，飘逸的思绪亦随之纵横驰骋，渴望抵达的翅膀在幻想的风景中自由翱翔……

　　15岁那年，这位少年写下了他气势不凡的计划——"一生的志愿"：

　　"要到尼罗河、亚马孙河和刚果河探险；要登上珠穆朗玛峰、乞力马扎罗山和麦金利峰；驾驭大象、骆驼、鸵鸟和野马；探访马可·波罗和亚历山大一世走过的道路；主演一部《人猿泰山》那样的电影；驾驶飞行器起飞降落；读完莎士比亚、柏拉图和亚里士多德的著作；谱一部乐曲；写一本书；拥有一项发明专利；给非洲的孩子筹集100万美元捐款……"

　　他洋洋洒洒地一口气列举了127项人生的宏伟志愿，不要说实现它们，就是看一看，就足够让人望而生畏了。难怪许多人看过他设定的这些远大目标后，都一笑置之。所有人都认为：那不过是一个孩子天真的梦想而已，随着时光的流逝，很快就会烟消云散。

　　然而，少年的心却被他那庞大的"一生的志愿"鼓荡得风帆劲起，他的脑海

里一次次地浮现出自己漂流在尼罗河上的情景，梦中一次次闪现出他登上乞力马扎罗山顶峰的豪迈，甚至在放牧归来的路上，他也会沉浸在与那些著名人物交流的遐想之中……没错，他的全部心思都已被自己"一生的志愿"紧紧地牵引着，并让他从此开始了将梦想转变为现实的漫漫征程。

毫无疑问，那是一场壮丽的人生跋涉，也是一场异常艰难、简直无法想象的生命之旅。他一路豪情壮志，一路风霜雪雨，硬是把一个个近乎空想的夙愿变成了一个个活生生的现实，他也因此一次次地品味到了搏击与成功的喜悦。44年后，他终于实现了"一生的志愿"中的106个愿望。

他就是20世纪著名的探险家约翰·戈达德。

当有人惊讶地追问他，是凭借着怎样的力量，把那么多的艰辛都踩在了脚下，把那么多的险境都变成了登攀的基石？他微笑着如此回答："我总是先到那个地方，随后，周身就有了一股神奇的力量；接下来，就只需沿着心灵的召唤前进。"

心灵寄语

一个人的目标是很重要的，可以让我们坚定信念，而其他的只是靠我们的资质与努力就可以一步步实现理想，其实理想与现实差距是不远的。

散步的心灵

佚 名

　　一天，哲学家率领诸弟子走到街市上，整个街市车水马龙，叫卖声不绝于耳，一派繁荣兴隆的景象。走出一程后，哲学家问弟子："刚才所看到的商贩当中，哪个面带喜悦之色呢？"

　　一个弟子回答道："我经过的那个鱼肆，买鱼的人很多，主人应接不暇，脸上一直漾着笑容……"弟子的话还没有说完，哲学家便摇了摇头，说："为利欲的心虽喜却不能持久。"

　　哲学家率众弟子继续往前走，前面是一大片农家，鸡鸣桑树，犬吠深巷，三三两两的农人来回穿梭忙碌着。哲学家打发众弟子四散了去，过了一段时间之后，哲学家又问弟子，刚才所见到的农人之中，哪个看起来更充实呢。

　　一个弟子上前一步，答道："村东头有个黑脸的农民，家里养着鸡鸭牛马，坡上有几十亩的地，他忙乎完家里的事情，又到坡上侍弄田地，一刻也不闲着，始终汗流浃背，这个农民应该是充实的。"哲学家略微沉吟了一阵子，说："来

源于琐碎的充实，终归要迷失在琐碎当中，也不是最充实的。"

一行人继续往前走，前面是一面山坡，坡上是云彩般的羊群。一块巨石上，坐着一位形容枯槁的老者，怀里抱着一杆鞭子，正在向很远的远方眺望。哲学家随即止住了众弟子的脚步，说："这位老者游目骋怀，是生活的主人。"众弟子面面相觑，心想，一个放羊的老头儿，可能孤苦无依，衣食无着，怎么能是生活的主人呢。哲学家看了看迷惑不解的众弟子，朗声道："难道你们看不到他的心灵在快乐地散步吗？"

是啊，真正自由而尊贵的生命，是懂得让心灵散步的生命。正像哲学家所解释的，金钱不会给我们带来持久的愉悦，琐碎的生活也常常会迷失和束缚了我们的手脚；只有让生命卸去一切挂碍，抛开一切羁绊，止去自由，浮沉无我，让灵魂在平旷的四野，自在而放松地漫步，活出的才会是诗意的人生啊。

也许有时候，这个生命会陷于物质的困顿，精神的外围也是一片平庸；可是他却懂得时时刻刻去放逐自己的灵魂，化成一片散淡的云，自由地飘在空中，化成一叶扁舟，轻松地漂在水上。因为他知道，只有拥有了心灵的自由和轻松，生命才从本质上获得了富有和尊贵。

也就是说，一个人只有在心灵散步的时候，才让疲惫的生命真正地回了家！

心灵寄语

　　拥有心灵的轻松、自由是一种让人惬意的生活方式、生活态度。绷得过紧的橡皮筋容易断，时常生活在紧张的状态中，让心灵饱受压力也会心力交瘁。人生在世，无论是身处佳境还是举步维艰，我们都应当寻找心灵的轻松、自由，心灵的"散步"能给自己、给他人带来生命所需的慰藉和喜悦。

把恐惧画下来

雅 枫

到现在我还记得那场突如其来的暴雨。

那是我做单亲妈妈后带着儿子单独生活的第一个雨季。为了节省开销，我们租住在城郊的一幢小木楼上，房间光线十分幽暗。一天傍晚，天空忽然黑了下来，乌云涌动，闪电伴着雷声，就像在我们头顶上划过，小房间顿时就像一个黑暗的深井，装满天生对雷的恐惧。我双手紧紧地护在头顶，要是以往，我就会偎依在他的胸口，像鸵鸟一样将头埋在他坚强的臂膀下。但现在我无所依附，更要命的是，我看见儿子彬彬的眼睛里也满是恐惧，他从自己的房间里走到我的身边，脚步甚至都有些僵硬。

乌云、闪电、响雷、箭似的雨，我一低头，抱住儿子，眼泪不争气地流了下来。

这时，我的儿子，才7岁的彬彬，却用小手在我脸上擦拭着，他说："妈咪，不怕，你教我画闪电，老师说，你把害怕的东西画下来就不害怕了。"看着儿子的眼光，我心里一热，赶紧找来笔和纸，来到了窗前。

儿子小大人一样，先在纸上画了一条锯齿状的线，然后对我说："妈咪，你画。"

我拿起笔，画了一条闪电带。

"很棒！"儿子模仿着老师的口气说。

接下来，我们在纸上画了一条又一条弯弯曲曲的线，一条比一条粗，一条比一条大，当我们把恐慌都倾泻到纸上时，我发现，我们说话的声音已稍稍恢复了正常，尽管雷声还在头顶炸响，但恐惧已悄悄离开了我们。

"现在好些了吧？"

"好点儿了。"他接着勇敢地画了一条巨大的、黑色的、弯曲的闪电。"现在，还在怕吧？"

看着他微微地歪着头的样子，再看看纸上的线条，我竟然笑了起来，我说："不怕，不怕，画出来就不怕了。"

真的，从那以后，我渐渐克服了心中的那份恐惧，不再害怕闪电暴雨了，并且，再遇见了什么令人恐慌的事，我学会了最有力的一招儿去对付它，那就是我儿子教给我的——把恐惧画下来。

心灵 寄语

恐惧是人心中产生的情绪，有的时候可能那些恐惧的事情并不值得我们担心，遇到事情时更应该放平心态勇敢面对。

成功可以预料

沛　南

　　熊旁是瑞士的化学家，他经常孜孜不卷地沉醉在实验室里，就是回到家里，他也要在茶余饭后做上一点微小的实验。

　　1896年的一天下午，熊旁趁妻子午休的时间，自己躲在家里的那间小实验里做试验，一不小心，他把桌上那瓶盛满硝酸和硫酸混合液的瓶子碰倒了，溶液流在了桌子上，熊旁马上去找抹布，抹布没有找到，眼看那些溶液就要从桌子上漫流到地板上，慌乱之中，他就顺手拿起了放在旁边的一条妻子的棉布围裙抹擦掉那些溶液。围裙浸了溶液，湿淋淋的，熊旁担心妻子见后责怪，就悄悄把围裙带到厨房，准备烘干，没料到刚靠近火炉，就听轰的一声，围裙在瞬间被烧得干干净净，没有一点烟，也没有一丝灰烬。熊旁惊得目瞪口呆，但随后就欣喜万分，他意识到自己于不经意间已经合成了可以用来做炸药的新的化合物，一个发明在不经意间突然出人意料地成功了。

　　1838年，法国著名物理学家达盖尔正在费尽心机地苦苦研究影像保留在胶片上的方法。研究进行了半年多了，达盖尔几乎尝试过了各种材料和方法，但研究仍然是一片空白、毫无进展。在达盖尔就要对此项研究绝望得金盆洗手时，有一天，他意外地发现了一个影像居然莫名其妙地留在了胶面上，达盖尔大喜过望，立刻小心翼翼地整理实验桌上的所有化学物品，想弄明白到底是什么东西使自己这项原本已山穷水尽的研究又突然变得柳暗花明。结果，他惊讶地发现，原来是一支温度计破碎后留下的水银。

在不经意间，熊旁发明出了世界上第一种无烟炸药，而达盖尔则发明了摄影技术。其实在科学研究进程上，像熊旁和达盖尔这种歪打正着的成功真是屡见不鲜，但没有他们的不懈努力，没有他们的锲而不舍，成功的果实能被他们如此偶然地摘到吗？

心灵 寄语

进步需要锲而不舍的努力，只要拥有坚持不懈的精神，那么一切成功都将变成一种必然。

幸福的秘密

佚 名

有位商人把儿子派往世界上最有智慧的人那里，去讨教幸福的秘密。少年在沙漠里走了40天，终于来到一座位于山顶上的美丽城堡。那里住着他要寻找的智者。

我们的主人公走进一间大厅，他并没有遇到一位圣人，相反，却目睹了一个热闹非凡的场面：人们进进出出，每个角落都有人在进行交谈，一支小乐队在演奏轻柔的乐曲，一张桌子上摆满了那个地区最好的美味佳肴。智者正在一个个地同所有的人谈话，所以少年必须要等上两个小时才能轮到。

智者认真地听了少年所讲的来访原因，但说此刻他没有时间向少年讲解幸福的秘密。他建议少年在他的宫殿里转上一圈，两个小时之后再回来找他。

"与此同时我要求你办一件事，"智者边说边把一个汤匙递给少年，并在里面滴进了两滴油，"当你走路的时候，拿好这个汤匙，不要让油洒出来。"

少年开始沿着宫殿的台阶上上下下，眼睛始终紧盯着汤匙。两个小时之后，他回到了智者的面前。

"你看到我餐厅里的波斯壁毯了吗？看到园艺大师花十年心血创造出来的花园了吗？注意到我图书馆里那些美丽的羊皮纸文献了吗？"智者问道。

少年十分尴尬，坦率承认他什么也没有看到。他当时唯一关注的只是智者交付给他的事，即不要让油从汤匙里洒出来。

"那你就回去见识一下我这里的种种珍奇之物吧！"智者说道，"如果你不了解一个人的家，你就不能信任他。"

少年轻松多了，他拿起汤匙重新回到宫殿漫步。这一次他注意到了天花板和墙壁上悬挂的所有艺术品，观赏了花园和四周的山景，看到了花儿的娇嫩和每件艺术品都被精心地摆放在恰如其分的位置上。当他再回到智者面前时，少年仔仔细细地讲述了他所见到的一切。

"可是我交给你的两滴油在哪里呢！"智者问道。

少年朝汤匙望去，发现油已经洒光了。

"那么这就是我要给你的唯一忠告，"智者说道，"幸福的秘密在于欣赏世界上所有的奇观异景，同时永远不要忘记汤匙里的两滴油。"

心灵寄语

幸福在于我们看待事物的心，纵使一切都是美丽的，心境不好也不会感到它的美丽。我们就是需要有一种观赏的心境，注意到每个细节，来发现幸福，感受幸福。

别人的肩膀

秋　旋

　　农夫迈克和杰瑞受雇在史密斯家的农场干苦力活儿，留着小胡须的史密斯可是个又贪又狠的主儿，他常常板着脸趾高气扬地对迈克和杰瑞命令说："给你们三天时间，把这活儿给我做完，记住，只有三天时间！"迈克和杰瑞每天都累得头重脚轻的。但稍稍让杰瑞暗感庆幸的是，自己的伙伴迈克是个老实人，干起活来很卖力，一点儿滑都不会使。在一块儿干活儿时，杰瑞一会儿谎称头晕，一会儿又谎称要到树林里去解手，总要想办法歇一会儿。但迈克却不会这样，只要拿起农具，不到回家时间他就一刻也不歇着，总是满头大汗地干个不停。有几次，谎称解手的杰瑞悠闲地蹲在密林里，瞧着那干个不停的伙伴迈克想：多亏上帝让自己有迈克这个伙伴哪，要不自己真会被活活累死的。

　　这天，史密斯又命令迈克和杰瑞说："雨季就要来了，在那片涝地旁边，必须挖一条排水渠。"史密斯翻了翻他的眼睛命令迈克和杰瑞说，"给你俩五天时间，记住，五天！"

　　五天？真要命啊，那是一项多么大的工程啊。但迈克和杰瑞谁也不敢争辩一句，如果惹得史密斯大发雷霆，那可没有他们两个的好果子吃。两个人只好忍气吞声地去干活儿了。

干了没多久，迈克喘着粗气摇摇晃晃地对杰瑞说："杰瑞兄弟，我感觉今天有点儿不太舒服，我们俩能调一下活儿吗？你来挖土，我去铲土。"杰瑞当然不同意，挖土是多么吃力的一种活儿啊，腰一直弓着，不能直起来。而铲土就轻松多了，铲一次，就可以直起腰来松上一口气。杰瑞对迈克推辞说："迈克，你知道我是多么乏力呀，铲土这活儿我还勉强可以对付，但挖土我就不行了。"

"唉！"迈克无奈地叹了口气，只好痛苦地继续挖土。而杰瑞盯着迈克在心里说："多庆幸呀，我有这么老实又卖力的一个伙伴，有了迈克，我什么时候都不会太累的。"

但第二天正干活儿时，迈克却一下子晕倒了，倒在地上不省人事，据赶来抢救的医生说："迈克是太累了，而且身体还有病。"医生们把迈克抬走了，说迈克至少需要休息半年才可能回到农场里来。史密斯对杰瑞说："迈克养病去了，但农场的活儿是不能停下来的，给你八天的时间，你一个人必须把这条排水渠给我挖好！"

天哪，只有八天！杰瑞一下子就忧愁起来了。但没办法，活儿是必须干的，杰瑞挖挖铲铲，铲铲挖挖，几乎要把自己给累死了。如今杰瑞才明白伙伴是多么重要，过去有迈克，自己只铲铲土就行了，但如今迈克累病了，自己又要挖又要铲，这活儿一下子全成自己的了。

杰瑞想，如果迈克病好回来后，有什么重活儿自己一定要同迈克轮流干，要是再把迈克累倒了，这偌大农场的活儿可不全是自己的了？

是呀，爱护自己的肩膀，就必须爱护同伴的肩膀，只有同伴们有一副坚实有力的肩膀，灾难和沉重才会有人和自己分担，没有别人的肩膀，那么担子一下子就全压在自己的肩上了。

心灵 寄语

重担有的时候并不是需要自己扛，但更不能全部给别人来扛，共同分担一切重担，世界将是多么轻松和快乐！

提醒自己

佚 名

　　古希腊有个哲学家，住在一个村庄里，村庄离一个悬崖不远，来往的人必须经过那道悬崖峭壁上的一条羊肠小道。那是一条又窄又滑的羊肠小道，一边是千丈深涧，一边是百尺悬崖，如果稍有不慎，就会有葬身于深涧的危险。

　　哲学家对那条羊肠小道忧心忡忡，他开始时做了一个醒目的木头牌子，上面用鲜红的红墨写道："此段山路危险，务请千万小心！"但过了一段时间，他觉得牌子不够醒目，要想能及时提醒每一位行路人，就必须自己一刻不离地守望在悬崖旁边才行。于是，哲学家就在靠近悬崖的地方建了一个小小的木板房，哲学家天天都守在木板房的门口，对每一位经过他木板房即将踏上那条悬崖小道的行人再三提醒说："山道险滑，请千万小心！"

　　刚开始时，行人们还纷纷对哲学家的善意提醒报以友好的微笑致意，但时间长了，人们对哲学家的再三提醒已经不耐烦了，有的人对哲学家的提醒开始漠然，有的甚至充耳不闻，他们从善意提醒他们的哲学家身边经过，有的旁若无人，有的甚至连匆匆的脚步也不放慢一下，但令哲学家奇怪的是，大家虽然对自己的提醒漠然置之，可过了许多日子，经过的来来往往难以数计的行人，却没有一个人失足跌下悬崖的，没有一次不幸的事件发生。

　　哲学家百思不得其解，他决定自己要一步一步仔仔细细走过悬崖小道，推敲推敲这么一条又险又滑的羊肠小道，走了成千上万那么多行人，为什么竟没有一次意外事件发生。哲学家在那条小道上边行边走，边研究，边思考，但不幸忽然发生了，他脚底下一滑，便像一个飘飞的石块一下子跌进了脚下的万丈深渊。

　　令这位哲学家万分庆幸的是，在即将跌落涧底时，他被悬崖上的一丛灌木挽救了，他沉重的身躯被那丛灌木荡了几荡，然后才跌到涧底的厚厚草丛上，哲学家虽然跌断了自己的两条腿，但万幸的是，他保住了自己那充满智慧的生命。闻讯而来的人们密密麻麻围在哲学家的身边，一个一个的人都大惑不解地询问并埋怨哲学家说："你常常提醒我们过这条险道要千万小心，可你自己怎么就不小心呢？"

　　哲学家想了想说："我在上边行走时，正在思考为什么路这么险这么滑，但却从来没有行人失足过。"

　　一位老者说："你总提醒我们在山道上行走时要小心谨慎心无旁骛，为什么在这么危险的险道上你却要边走边思考问题呢？你怎么不提醒一下自己呢？"哲学家一听，顿时愣了，是呀，自己总是在提醒别人，为什么就不能提醒一下自己呢？后来，瘫痪了的哲学家思索了好久才找出了答案，这个答案就是：提醒别人容易，提醒自己，却很难。

　　其实，我们谁又不是这位哲学家呢？同样的缺点，我们发觉别人的很容易，但要发觉自己的却很难。许多人总在喋喋不休地指出别人的缺点和不足，却很难反省和纠正自身的缺点和不足。

心灵 寄语

　　当我们信誓旦旦地去批评其他人的时候，我们可能已经忽略了自己所犯的同样的错误，也就是说我们应该先审视自己，之后才能更好地指导他人。

找到真金的人

千 萍

自从传言有人在萨文河畔散步时无意发现金子后，这里便常有来自四面八方的淘金者。他们都想成为富翁，于是寻遍了整个河床，还在河床上挖出很多大坑，希望借助它找到更多的金子。的确，有一些人找到了，但另外一些人因为一无所得而只好扫兴归去。

也有不甘心落空的，便驻扎在这里，继续寻找。彼得·弗雷特就是其中的一员。他在河床附近买了一块没人要的土地，一个人默默地工作。他为了找金子，已把所有的钱都押在这块土地上。他埋头苦干了几个月，直到土地全变成坑坑洼洼，他失望了——他翻遍了整块土地，但连一丁点金子都没看见。

六个月以后，他连买面包的钱都快没有了。于是他准备离开这儿到别处去谋生。

就在他即将离去的前一个晚上，天下起了倾盆大雨，并且一下就是三天三夜。雨终于停了，彼得走出小木屋，发现眼前的土地看上去好像和以前不一样：坑坑洼洼已被大水冲刷平整，松软的土地上长出一层绿茸茸的小草。

"这里没找到金子，"彼得忽有所悟地说，"但这土地很肥沃，我可以用来种花，并且拿到镇上去卖给那些富人。他们一定会买些花装扮他们华丽的客堂。

如果真这样的话，那么我一定会赚许多钱，有朝一日我也会成为富人……"

彼得仿佛看到了将来，美美地撇了一下嘴说："对，不走了，我就种花！"

于是，他留了下来。彼得花了不少精力培育花苗，不久田地里长满了美丽娇艳的各色鲜花。

他拿到镇上去卖，那些富人一个劲地称赞："噢，多美的花，我们从没见过这么美丽鲜艳的花！"他们很乐意付少量的钱来买彼得的花，以便使他们的家庭变得更富丽堂皇。

五年后，彼得终于实现了他的梦想——成了一个富翁。

"我是唯一的一个找到真金的人！"他时常不无骄傲地告诉别人，"别人在这儿找到黄金之后便远远地离开，而我的'金子'是在这块土地里，是诚实的人用勤劳去采集的。"

心灵 寄语

世界上没有什么事情是不劳而获的，其实创造金子的正是自己的双手，这需要我们的智慧，我们永远都不可以忽略这个道理。

我听见了
长大的声音

晓 雪

　　徐徐的风撩动着湿漉漉的头发，带来一丝丝凉意，啊，好舒服啊！今年的夏天来得晚，热得快，温度由前几天的十几度，一下上升到了三十四度，让人真的有些不太适应。火辣辣的太阳照在身上，就像烤肉一样，有一种灼烧的感觉，让人透不过气来。就在这种酷暑高温的天气下，学校安排了一次旅游，去海边享受一下海风的清爽，海水的滋润；去感受一下"海阔凭鱼跃，天高任鸟飞"的博大。

　　大海在我的心里一直都是浩渺无垠的，有着一种神秘，有着一种梦幻。我喜欢大海，喜欢一个人站在海边，看海天一色的状美，看波光粼粼的温柔，看旭日腾升的瞬间，看层层浪花的绽放。

　　晨曦中的海面迷雾还在曼舞，它在不停地为沉睡的海水盖着被角，它用那永不停息的旋律为海水哼唱着摇篮曲，偶尔飞过的几只海鸥，为恬静的海面镶嵌上几颗流动的黑色宝石。面对着湛蓝的海水，我的整个身心都融入到了海浪里，随着层层推进的波涛飘摇，我的灵魂已被这海的飘渺、空无、包容、博大所同化，真正成了一个海化的人。

火红的朝阳，在宽阔的海面上为勤劳善良的人们铺上了一条金色的天路，上面洒满了游离的闪光的钻石，我真的好想走上去，去看看路的尽头是个什么样子。我撩动着微凉的海水，想看一看这条路是否平展，想在海的天路上留下足迹，我想起了投石问路，便拾起了一块石头，用力投向大海，只见石头在海水里只是"咕咚"一声，泛起了一朵小小的浪花，这朵小小的浪花很快就被淹没在涌过来的海浪里，我的心里忍不住在笑自己，太天真了，你在海边只是一个过客，想让大海记住你，这不是天大的笑话吗。哈哈哈哈哈……我不再对着这条天路发呆了，继续往前走，寻找着美丽的贝壳，走着走着又想起了那条美丽的天路，忍不住回头向原来的位置望去，让我大惑不解，这条开阔的天路一直在跟着我，就在我的眼前，这使我想起了刻舟求剑的故事，又忍不住笑自己愚钝。

海边的沙滩松软而细柔，走起来很费力，海浪送来了阵阵海水的腥味儿，也送来海菜的枝枝蔓蔓，我们在石缝中寻找着精美的海螺，海浪一层层涌上海岸，想淘尽沙滩所有的美丽，望着波光粼粼的海面，不由得使我想起了理想主义诗人海子的那首诗《面朝大海，春暖花开》："从明天起，做一个幸福的人/喂马，劈柴，周游世界/从明天起，关心粮食和蔬菜/我

有一所房子，面朝大海，春暖花开/从明天起，和每一个亲人通信/告诉他们我的幸福/那幸福的闪电告诉我的/我将告诉每一个人/给每一条河每一座山取一个温暖的名字/陌生人，我也为你祝福/愿你有一个灿烂的前程/愿你有情人终成眷属/愿你在尘世获得幸福/我只愿面朝大海，春暖花开"我喜欢这首诗，诗人以朴素明朗而又隽永清新的语言，拟想了尘世的新鲜和可爱，充满了生机和活力的幸福生活，表达了诗人真诚善良的祈愿，愿每一个陌生的人在尘世中都能获得幸福。

　　我久久伫立在松软的沙滩中，任凭那海浪拍打着我的双腿，感受着大自然的冲浪，我真的好想融化在这海浪中，随着那声声不息的涛声，荡漾在这碧蓝色的大海中，随着潮起潮落看朝阳日暮。望着让人感慨万千的大海，我深深地感觉到大自然真的会给人灵性，那漂浮的云，那流动的水，那盘古的石，那巍峨的山，都会给人启示，都会给人装上双翼，任思绪飞翔。如果每个人都能有大海一样的胸怀，那么我们生存的世界该会变成理想的天堂，彼此都能包容谅解，彼此都能互敬互爱，彼此都能开心快乐，彼此都能礼让三分。由此我想应该让人们经常去看一看大海，感受一下他那聚百川，行巨轮的博大，感受一下它包容万物的胸怀，我感觉人的胸怀有多大，他的世界就会有多大。让我们每一个人都经常去面朝大海，感悟人生，随着那声声不息的涛声，喊出你心底的不悦，让所有的不愉快都随风而逝。

带着旭日赐给你的一身朝气，带着大海赐给你的无穷力量，去面向生活，挑战未来，让生活变得更精彩……

心灵寄语

在人生道路上，不论前面是狂风暴雨，还是彩霞漫天，我们每时每刻都需要一颗博大的心，阳光的心。因为一颗博大的心、一颗阳光的心，会让你产生无穷力量，去面对生活，决胜未来。

欲望是一个陷阱

雨 蝶

一个欧洲雪山探险队准备公开选聘一批探险队员，消息传出后，许多人蜂拥而至，争先恐后纷纷表示希望自己能被选拔到探险队中去。

探险队长麦克对每一个应聘者都进行了极为严格的体能测试。测试结束后，麦克对体能测试合格的二十名候选人说："最后一项是心灵测试，只有心灵测试也合格的人才可能成为一名出色的雪山探险队员。"麦克队长让工作人员分别把二十名候选人每人单独带进一个房间，然后麦克队长分别给每个候选人一张纸条说："十分钟后，我来听取你的答案。"

十分钟后，麦克队长走进第一个房间里，微笑着问那个年轻人，说："小伙子，假若再有十米之遥你就要登上世界最高峰珠穆朗玛峰的峰顶，但是十分遗憾的是，有一个队员就在你一米左右的前边，这意味着他将是第一个登上峰顶的人，而你只能是第二个，这时，你会怎么办？"

年轻人听了，立刻说："在我一米左右的前边，不就是一步或两步吗？我会毫不犹豫地超过他！"麦克队长听了，十分遗憾地说："年轻人，你不适合做雪山探险队员。"小伙子不解地问："为什么？"麦克队长没有回答他。

走了十九个房间，麦克队长十九次提出这个问题，十九个年轻人差不多都是这样回答他，当麦克队长把这个问题又一次摆在第二十号候选者面前时，这个年轻人说："没什么，就让他做第一吧，我情愿做第二名。"

麦克队长盯着这个健壮的年轻人问："为什么？"

年轻人十分坦然地说："我不想争论谁是第一名或第二名，我没有那么多的复杂欲望，我是一个雪山探险者，不管我是第几名，只要能把我自己的双脚踏在世界最高的地方就行了。"

麦克队长一听，双眼顿时亮了，欣喜地说："祝贺你，你肯定能从雪山上成功地活着回来！"其他人都不解地望着麦克队长，麦克队长顿了顿解释说："我和雪山打了大半辈子的交道了，白雪皑皑的雪山不是闹市，不是平地，那是零下几十度的地方，是空气十分稀薄的地方，喘一口气都很艰难，你的脚下随时都是可以置人于死地的自然陷阱，在那里还心存独占鳌头的欲望，为了超越你前边的人，你势必会不按前边人的脚窝走，那么你就会一脚踏入死亡的陷阱，掉入千丈冰谷之中，或者是你紧赶几步力图超越你前边的人，那么你马上就会因空气稀薄而窒息，在又冷又滑的冰川上倒下去。"麦克队长顿了顿悲伤地说，有许多雪山探险队员就是因为这一点点的欲望而永久留在雪山上了。在气候恶劣、空气稀薄的雪山上，内心里的一点点欲望都会导致灾难，欲望，永远都是命运的陷阱，一个人内心有了欲望，他的脚下就布下了黑森森的陷阱，心怀欲望的人是永远不能到达峰顶的，只有那些内心豁达、坦荡，只顾埋头赶路的人，才能最终踏上世界的顶峰。

何尝不是呢？那些满腹功名利禄的有几人登上过命运的顶峰呢？欲望，是他们背在心灵里的沉重包袱，是悄悄潜伏在他们命运脚下的深深陷阱，他们不是被沉重的欲望压倒，就是陷入欲望的陷阱里永远不能自拔。而那些不计名利的人，他们胸怀阳光，心荡清风，他们没有心灵的包袱，人生的峰巅

迟早会捧起他们的双脚，让他们到达生命的高峰。

心灵 寄语

　　欲望的力量是巨大的，当一个被欲望驱使时，只会越发的贪婪，到了最后，将被诱惑所吞噬，这就意味着我们要懂得拒绝欲望，这或许才是一种正确的生活方式。

用力看，就是盲

忆 莲

一个在国外的朋友给我发了一个电子邮件，说附件里有一个送给我的小礼物。

打开附件，黑色的背景上浮现出大卫·科波菲尔神秘的眼睛，诡异的笑容。旁边字幕徐徐变幻，好像大卫那催眠的声音——稍后，我将带领你进入魔法世界。——你将成为魔法世界的见证人。——你只是魔法的一部分。——在这个简单的游戏中，你将看到，我可以通过电脑深入你的思想。

然后，出现了六张扑克牌，都是不同花色的J到K，每张都不一样。

然后——在心里默想其中一张，不要用鼠标点中它。（我选了红桃Q）——看着我的眼睛，默想你的卡片。（我根本不相信，就真的挑衅般地看着他的眼睛，心想：就算你有什么厉害的软件，我不在键盘上做任何动作，你怎么可能知道我选中了哪一张？）——我不认识你，我也看不见你，但我知道你的思想。（真的吗？）——默想你的卡片，然后击空格键。

轻轻一击空格键，画面哗的一变，原来的六张牌不见了，然后出现了一行字：看！我取走了你的牌！我急忙去看，天哪！扑克牌只剩下五张，红桃Q不见

了！真的不见了！

大吃一惊的我，马上再来一遍。这次选了黑桃K，几个步骤下来，黑桃K又不见了！

大卫真的通过电脑，拿走了我想的牌？怎么可能？难道真的有魔法？！百思不得其解，发了邮件问那个朋友，他说："这是个诡计，你再想想。"

我想了半天，不得要领，于是转发给另一个朋友，他是个当年的理科高才生。过了一会儿打电话问他，他说应该是个概率的问题，正在进行分析。我一听就知道他也是一头雾水，便再去追问那个大洋彼岸的始作俑者。

对方终于回答了我。他的回答令我再次失声惊呼：竟然是这样简单！

原来，第二次出现的牌，完全是另外的一组，虽然看上去和第一次的很相似——都是J到K，但花色不一样。也就是说，第一次出现的六张牌，第二次都不会再出现，不论你选哪一张牌，结果都是一样的。但是我们为什么会上当呢？这是因为我们死死地注意其中的一张牌，当然就只看到"它""没有了"。就是这么简单。

我还是忍不住惊叹。不是惊叹这种游戏的有趣，而是惊叹它对人的普遍心理的洞察和利用。一叶障目，不见泰山。攻其一点，不及其余。许多人不就是这样吗？总是选定人生某一项内容，作为自己的一张牌，死死地盯着它，有它在就觉得人生有希望有光明有分量有温暖，如若某一时刻发现它不翼而飞，人生就彻底崩溃，信念坍塌，日月无光……根本不知道其他几张牌是否还在，是否有变化，忘了人生从来就不是只有一张牌。

我们所缺少的东西之所以显得那么重要，有时候是因为我们过分企盼、过分重视它了。我们为什么要那样在乎我们没有的东西呢？为什么要如此执著甚至要拿一生来和它死耗呢？

就算拿走了那张牌，不是还有其他的五张吗？即使它们的图案和你最初的希望不一样，难道不也可能是悦目的吗？接受并且欣赏命运发给我们的牌，也许会有意想不到的乐趣呢。所谓的惊喜，所谓的奇迹，都不是死死等来苦苦盼来的，而是预料之外，在某个神奇时刻突然降临的。

　　我喜欢这个游戏。大卫的诡计让我明白了：有时候，用力看其实就是盲，执著于聪明就是愚蠢。

心灵 寄语

　　生活的真谛有的时候不仅仅表现在盲目的执着，更多的应该是明白该在什么时候放弃，放弃并不等于不坚持，而是换到另外一个方式去解决问题。

心态故事

敬　启

　　本书的编选参阅了一些期刊报纸和著作的文字以及图片，由于多种原因我们未能与部分入选文章和图片的作者（或译者）联系。敬请原作者（或译者）见到本书后，及时与我们联系，我们将按国家有关规定支付稿酬并赠送样书。

编　委　会

邮箱：chengchengtushu@sina.com